Traición dorada

BARBARA DUNLOP

Editado por HARLEQUIN IBÉRICA, S.A.
Núñez de Balboa, 56
28001 Madrid

I.S.B.N.: 978-84-687-3639-6
Depósito legal: M-26933-2013
Editor responsable: Luis Pugni
Fotomecánica: M.T. Color & Diseño, S.L. Las Rozas (Madrid)
Impresión en Black print CPI (Barcelona)
Fecha impresion para Argentina: 16.6.14
Distribuidor exclusivo para España: LOGISTA
Distribuidor para México: CODIPLYRSA
Distribuidores para Argentina: interior, BERTRAN, S.A.C. Vélez
Sársfield, 1950. Cap. Fed./ Buenos Aires y Gran Buenos Aires,
VACCARO SÁNCHEZ y Cía, S.A.

Capítulo Uno

Ann Richardson supuso que debía estar agradecida de que los agentes de la Interpol no la hubiesen cacheado, pero después de seis horas en una sala de interrogatorios pequeña, sofocante y de paredes grises, no podía evitar estar de mal humor.

La agente Heidi Shaw volvió con un café en una mano y una tablilla con papeles metida debajo del otro brazo. Ann supuso que serían los documentos relacionados con la investigación. La agente Shaw estaba haciendo el papel de poli mala, mientras que la agente Fitz Lydall hacía de buena. La primera era de estatura baja, delgada, y la segunda muy corpulenta y con cara de bulldog. Ann pensó que debían intercambiar los papeles, pero no se lo sugirió.

Había visto muchas películas de detectives y sabía cuál era el argumento de aquella. Por desgracia, el hecho de que fuese inocente les iba a estropear el argumento. No iban a conseguir que les dijese que pretendía vender una estatua robada a través de Waverly's, la casa de subastas para la que trabajaba.

Durante los últimos meses, había aprendido muchas cosas acerca de las estatuas del Corazón

Dorado de Rayas. El rey Hazim Bajal había encargado que se hiciesen tres estatuas alrededor del año 1700. Se suponía que estas darían suerte en el amor a sus hijas, que se habían casado por conveniencia, por el bien de su país. Una de las estatuas seguía estando sana y salva en Rayas, en el seno de una moderna familia Bajal. Otra se había perdido con el hundimiento del *Titanic*. Y la tercera había sido robada cinco meses antes de uno de los palacios del príncipe heredero Raif Khouri. Este estaba convencido de que Roark Black había robado la estatua para Waverly's. Era una acusación absurda, pero el príncipe era un hombre poderoso y decidido, y tenía a la Interpol y al FBI bailando a su son.

Heidi dejó la tablilla con los documentos en la gastada mesa de madera y arrastró la silla por el suelo para sentarse enfrente de Ann.

–Hábleme de Dalton Rothschild.

–¿No lee los periódicos? –replicó Ann, aprovechando para reflexionar sobre aquella nueva línea de interrogatorio.

Dalton Rothschild era el director ejecutivo de la casa de subastas rival de Waverly's, Rothschild's.

–Tengo entendido que estaban muy unidos.

–Éramos amigos –respondió Ann–. En pasado.

Jamás perdonaría a Dalton por haberla traicionado y por haber arruinado su reputación profesional. Una cosa era inventarse que habían tenido una relación sentimental y, otra muy distinta, poner en cuestión su integridad.

–¿Amigos? –se burló Heidi en tono escéptico, con desdén.

–Veo que sí que lee los periódicos.

–Sí, lo he leído todo, y usted nunca ha negado que fuesen amantes.

–¿Quiere que lo niegue?

–Quiero que responda a mi pregunta.

–Acabo de hacerlo.

–¿Por qué es tan evasiva?

Ann cambió de postura en la dura silla de metal. Estaba siendo sincera, no evasiva, y no le gustaban las preguntas que le estaban haciendo. Articuló las siguientes palabras cuidadosa, lentamente.

–Éramos amigos. Mintió acerca de mí. Así que ya no somos amigos.

Heidi se puso en pie.

Ann deseó poder hacer lo mismo, pero cada vez que había intentado levantarse de la incómoda silla, alguien le había ordenado de manera brusca que volviese a sentarse. Estaba empezando a tener calambres en las piernas y le dolía mucho el trasero.

–¿Dónde está la estatua? –inquirió Heidi.

–No lo sé.

–¿Dónde está Roark Black?

–No tengo ni idea.

–Trabaja para usted.

–Trabaja para Waverly's.

Heidi hizo una mueca.

–Es solo una cuestión semántica.

–No sé dónde está.

–¿Sabe que es ilegal mentirle a la Interpol?

–¿Sabe que puedo llamar al *New York Times*?

5

–Heidi apoyó las manos en la mesa y se inclinó hacia delante.

–¿Es una amenaza?

Ann se dio cuenta de que se le estaba agotando la paciencia.

–Quiero hablar con mi abogado.

–Eso es lo que dice siempre la gente que es culpable.

–O las mujeres a las que no les han dejado entrar al baño en cinco horas.

–Puedo retenerla veinticuatro horas sin inculparla.

–¿Y sin ir al baño? –preguntó Ann.

–¿Cree que es una broma?

–Creo que es ridículo. Ya he respondido seis veces a todas las preguntas que me han hecho. Confío ciegamente en Roark Black. Y Waverly's no comercia con antigüedades robadas.

–Entonces, ¿ha sacado a flote el *Titanic?*

–No sé de dónde ha sacado Roark la estatua, solo sé que la que tiene en su poder es la estatua desaparecida, no la robada.

Roark había firmado un acuerdo de confidencialidad con el misterioso dueño de la estatua del Corazón Dorado que había estado cien años desaparecida. Podría destrozar su propia carrera y la reputación de Waverly's si revelaba la identidad de dicha persona.

–¿Dónde están las pruebas? –inquirió Heidi.

–¿Dónde está mi abogado? –replicó ella.

Heidi tomó aire y se incorporó.

–¿De verdad quiere ir por ahí?

A Ann se le había agotado la paciencia. Se había cansado de cooperar, de medir las palabras. Era inocente y no podía decir ni hacer nada que alterase ese hecho.

—¿De verdad quiere tener una carrera larga y productiva?

Heidi arqueó las cejas.

—Pues empiece a buscar otro sospechoso —le recomendó Ann—. Porque no soy yo, ni es Roark. Tal vez sea Dalton. Es evidente que él es el más interesado en desacreditar a Waverly's, pero si ha sido él, lo ha hecho sin mi conocimiento y, por supuesto, sin mi cooperación. No voy a decir nada más, agente Shaw. Si quieren ser las heroínas, resolver un gran caso internacional y conseguir un ascenso, dejen de centrarse en mí.

—Es una oradora muy elocuente —comentó Heidi después de un momento.

Ann sintió el impulso de darle las gracias, pero mantuvo los labios apretados.

—Una vez más, como la mayoría de los mentirosos —añadió la agente.

Ann juntó las manos sobre la mesa. Había pedido ir al baño, había pedido que llamasen a su abogado. Si le negaban ambas cosas, si pisoteaban sus derechos, llevaría la historia *al New York Times*.

Al príncipe heredero Raif Khouri se le había agotado la paciencia. No sabía cómo se llevaban a cabo las investigaciones en los Estados Unidos, pero en su país, Rayas, Ann Richardson ya estaría en la cárcel a esas alturas. Después de un par de noches en prisión, seguro que rogaba para que le diesen la oportunidad de confesar.

Tenía que haberla retenido en Rayas cuando había estado allí el mes anterior. Aunque suponía que eso le habría causado algún problema. Además, por aquel entonces había tenido tantas ganas de deshacerse de ella, como ella de partir.

–¿Alteza? –lo llamó una voz a través del intercomunicador–. Aterrizaremos en el aeropuerto de Teterboro en un par de minutos.

–Gracias, Hari –respondió Raif, poniéndose recto en el asiento de cuero blanco y estirando las piernas.

–Te puedo enseñar la ciudad mientras estés aquí –le dijo su primo Tariq, mirando por la ventanilla, desde la que se veía Manhattan.

Tariq había estado tres años en Harvard, donde se había licenciado en Derecho.

El padre de Raif, el rey Safwah, pensaba que la educación internacional de la familia real fortalecía a Rayas. El propio Raif había pasado dos años en Oxford, estudiando historia y política. Había visitado muchos países de Europa y Asia, pero aquella era la primera vez que iba a Estados Unidos.

–No hemos venido a visitar la ciudad –le dijo a Tariq.

Este respondió con una sonrisa lasciva y arqueando las cejas.

–Las mujeres estadounidenses no son como las de Rayas.

8

–No hemos venido aquí a buscar mujeres.

Al menos, en plural. Estaban allí para buscar a una mujer en particular. Y, cuando la encontrase, la haría hablar.

–Hay un restaurante con vistas a Central Park, y…

–¿Quieres que te mande de vuelta a casa? –le preguntó Raif a su primo.

–Quiero que te animes.

Tariq era primo tercero de Raif, pero tenía un papel importante en el círculo real de Rayas. Eso le daba derecho a ser más directo que otras personas al dirigirse a Raif, pero solo hasta cierto punto.

–Hemos venido a encontrar la estatua del Corazón Dorado –afirmó Raif.

–Tenemos que comer.

–Tenemos que centrarnos.

–Y lo haremos mucho mejor con el estómago lleno.

–Deberías haber sido fiscal –gruñó Raif, abrochándose el cinturón para el aterrizaje.

Ambos habían sido amigos desde la niñez, y dudaba haber ganado nunca a Tariq en una discusión.

–Podría haber sido fiscal, pero el rey se opuso.

–Cuando yo sea rey, tampoco lo serás.

–Cuando tú seas rey, buscaré asilo en Dubái.

Ambos hombres sonrieron.

–A no ser que consiga hacer que cambies de humor –añadió Tariq–. Tal vez te busque una chica.

–Me la puedo buscar solo –respondió Raif, que tenía que ser discreto, por supuesto, pero no era fan del celibato.

Las ruedas del avión tocaron suavemente la pista de aterrizaje y el aparato frenó. Estaba nevando y Raif se preguntó cómo podían haber levantado una ciudad tan importante en un lugar en el que hacía tan mal tiempo.

–Hay un club estupendo en la Quinta Avenida –comentó Tariq.

–No he venido a Nueva York a conocer chicas.

Al decir aquello, Raif no pudo evitar pensar en Ann Richardson. Había sido un estúpido por besarla y, sobre todo, por disfrutar del beso y permitir que se le fuese de las manos.

Cuando cerraba los ojos por la noche, todavía podía ver su melena rubia, su delicada y cremosa piel y sus bonitos ojos azules. Podía saborear sus labios calientes y dulces y oler su perfume de vainilla.

El avión siguió aminorando la velocidad y giró para por fin detenerse dentro del hangar. El personal de tierra cerró la enorme puerta al frío.

Cuando la puerta del avión se abrió, Raif y Tariq bajaron por la escalerilla. Se oyó el eco de varios ruidos en el edificio: una puerta al cerrarse, un calefactor en el techo, y un hombre hablando con otro en un rincón. Junto al avión, el embajador de Rayas, un par de ayudantes de este y el personal de seguridad dieron la bienvenida a Raif y a Tariq.

Raif apreció el sencillo recibimiento. Sabía

que pronto cualquiera de sus viajes sería un asunto de Estado. A pesar de tener sesenta y tantos años, su padre llevaba un tiempo enfermo a causa de una enfermedad tropical que había contraído hacía varias décadas en África. Los últimos meses habían sido muy duros para el rey y Raif se temía que no fuese a recuperarse.

—Alteza —lo saludó el embajador haciendo una reverencia.

Iba vestido con la tradicional túnica blanca de Rayas y con el pelo cano parcialmente cubierto por un gorro también blanco.

Raif se dio cuenta de que fruncía ligeramente el ceño al ver que él iba vestido a la manera occidental.

Pero el embajador no hizo ningún comentario.

—Bienvenido a Estados Unidos —le dijo.

—Gracias, Fariol —respondió él, dándole la mano en vez de abrazarlo y besarlo, como era costumbre en su país—. ¿Nos has traído un coche?

—Por supuesto —respondió Fariol, señalando una limusina Hummer.

Raif arqueó una ceja.

—Tengo entendido que, desde mi despacho, pidieron un coche que no llamase la atención.

Fariol frunció el ceño.

—No lleva banderas, sellos reales en las puertas ni nada que lo relacione con Rayas.

Raif oyó moverse a Tariq a su lado y se lo imaginó intentando contener una sonrisa.

—Me refería a que quería un coche normal y corriente, tal vez para conducirlo yo mismo.

Fariol retrocedió confundido. El joven asistente que tenía a su lado se acercó y le dijo al oído:

–Puedo organizarlo inmediatamente, señor embajador.

–Sí, por favor –le respondió Raif directamente, granjeándose otra expresión de recelo del embajador.

El asistente asintió y se retiró rápidamente para hablar por teléfono.

Fariol apartó la vista de Raif.

–Jeque Tariq –dijo.

Fue un gesto sin aparente importancia, pero intencionado. Siempre era el príncipe heredero el que terminaba una conversación, no un embajador.

Tariq lo reprendió con la mirada antes de responder:

–Señor embajador. Gracias por venir a recibirnos.

–¿Saben ya cuándo volverán a Rayas?

Tariq puso gesto de sorpresa.

–Cuando el príncipe heredero lo decida, por supuesto.

Raif sonrió al escuchar la brusca respuesta. Tariq podía pasarse con las confianzas en privado, pero delante de otras personas, respetaba a rajatabla la jerarquía de la familia real de Rayas.

El asistente volvió a acercarse.

–Su coche estará aquí en un par de minutos. Un Mercedes clase S. Espero que le complazca, Alteza.

–Está bien –respondió Raif. Luego se giró hacia Tariq–. ¿Puedes conseguir la dirección?

Tariq miró a uno de los guardias de seguridad.

–¿Jordan?

El hombre dio un paso al frente.

–Estamos preparados para marchar, señor.

Jordan Jones era un especialista en seguridad estadounidense al que Tariq había conocido en Harvard, donde se habían hecho amigos. Era la primera vez que Raif lo veía, pero había oído hablar mucho a su primo de él y confiaba en su capacidad.

La puerta del hangar se abrió parcialmente para que entrase un Mercedes gris oscuro. La tripulación del avión apareció inmediatamente con el equipaje real y esperó a que el vehículo se detuviese delante de Raif.

–Eso será todo, Fariol –le dijo este al embajador antes de acercarse al coche.

Tariq y Jordan lo imitaron.

–Yo conduciré –dijo Raif, alargando la mano para que el hombre que iba al volante le diese las llaves.

–¿Señor? –inquirió Jordan, mirando a Tariq con una ceja arqueada.

Tariq miró por encima de su hombro para asegurarse de que no había nadie lo suficientemente cerca para oírlo y luego le dijo en voz baja a su primo:

–No quieres conducir, Raif.

–Claro que quiero.

–No, no quieres.

El conductor los miró y esperó a que se decidiesen.

–¿Quién es el príncipe aquí? –le preguntó Raif a su primo.

–¿Quién ha conducido ya antes por Manhattan? –replicó este.

–Yo conduciré –intervino Jordan, quitándole al conductor las llaves de la mano para después abrir la puerta trasera e invitarlos a entrar–. La realeza extranjera en la parte de atrás. El de Brooklyn, al volante.

–Eres muy arrogante –le dijo Raif.

–Sí, señor.

Raif se sentó en el asiento trasero después de Tariq.

–En mi país, te habría decapitado por esto –mintió Raif.

–En el mío, lo abandonaría en Washington Heights –contestó Jordan–. Lo que viene a ser más o menos lo mismo.

Raif no pudo evitar sonreír. No le importaba que le hablasen con sinceridad siempre y cuando lo respetasen. Además, tenía que admitir que llegarían antes a Nueva York si el que conducía era un neoyorquino y no él.

Jordan cerró la puerta trasera y se sentó detrás del volante mientras cerraban el maletero con todo el equipaje dentro.

–Tengo entendido que se alojan en el Plaza –dijo Jordan, ajustando el espejo retrovisor–. El servicio es impecable, lo mismo que la seguridad.

–Nadie sabe que estoy aquí –respondió Raif.

–Interpol lo sabe –dijo Jordan–. Su pasaporte habrá hecho que salten todas las alarmas en su sede de Manhattan.

Tariq se echó a reír.

–Y el tuyo también –le advirtió Jordan.

–Interpol no tiene nada contra mí –comentó Raif.

–Pero les preocupará que otra persona lo tenga.

–La única persona de los Estados Unidos que tiene algo contra mí es Ann Richardson. Y es porque voy a demostrar que es una delincuente y una mentirosa.

Jordan dirigió el coche hacia la puerta.

–Interpol lo vigilará, y siempre hay otros que vigilan a la Interpol. Si está ocurriendo algo importante en Rayas, debería saberlo, disensiones políticas, problemas con algún país vecino, este es el mejor momento para informarme.

–Hay algunos problemas internos –dijo Tariq–. Al tío de Raif lo han dejado plantado en el altar. Y el robo del Corazón Dorado es el único escándalo internacional que ha sufrido Rayas últimamente.

–Tengo entendido que su padre está enfermo –le dijo Jordan a Raif, mirándolo por el espejo retrovisor.

–Ya está mejor –respondió él automáticamente.

–Lo que importa no es la verdad, sino cómo se perciben las cosas. Y lo que se percibe es que su padre se está muriendo. Eso significa que usted está a punto de convertirse en rey. Y, eso, a su vez, significa que seguro que hay alguien ahí afuera que quiere matarlo.

—¿Por regla general? —preguntó Raif, a pesar de saber que era verdad.

—Es un juego de poder. ¿Su prima Kalila es la siguiente en la línea sucesoria?

—Sí.

—¿Quién ha estado cerca de ella, sobre todo, en los últimos tiempos?

—Solo voy a estar aquí un par de días —le dijo Raif a Jordan, al que había contratado más como guía que como agente de seguridad.

—Aun así, necesito saber cómo están las cosas.

—Mi prima tiene últimamente un novio británico —dijo Tariq.

Raif reprendió a Tariq con la mirada. No le gustaba que sacase los trapos sucios de la familia delante de Jordan. El hecho de que Kalila estuviese saliendo con un universitario británico completamente inadecuado en vez de comprometerse con el hijo del jeque de un país vecino, tal y como se había acordado hacía una década, era una vergüenza para la familia real. Otro motivo de disgusto para el rey. Pero no era un asunto de seguridad nacional.

—¿Cómo se llama? —preguntó Jordan, poniendo en funcionamiento el limpiaparabrisas, ya que seguía nevando.

—Tiene que llevarnos a casa de Ann Richard-

16

son, no le he pedido que haga un informe completo de la familia –dijo Raif.

–Niles –añadió Tariq–. Es lo único que nos ha contado Kalila. Ella fue la primera en caer en la maldición. Y ahora, Mallik.

Raif puso los ojos en blanco.

–No hay ninguna maldición.

–¿La maldición de la estatua del Corazón Dorado? –preguntó Jordan.

–No es más que un mito tonto –comentó Raif con impaciencia.

–¿Ese tal Niles? –preguntó Jordan–. ¿Ha aparecido de repente?

–Es un universitario –le respondió Tariq.

–¿De origen árabe?

–De origen británico –respondió Raif en tono brusco–. Vamos a centrarnos en la misión, ¿de acuerdo? Mientras estemos en Nueva York, Ann Richardson es nuestra prioridad.

–¿Has visto esto? –preguntó Darby Mersey, vecina de Ann, saliendo de su casa para ir a la de esta.

Ann adoraba a Darby, pero esa noche prefería estar sola. Después del altercado con la Interpol, solo podía pensar en darse una buena ducha, tomarse un té y dormir doce horas seguidas.

–¿El qué? –preguntó, dejando el bolso en la mesita que tenía en la entrada y las llaves en un cuenco de cerámica antes de cerrar la puerta.

–El *Inquisitor* de hoy.

—He estado muy liada todo el día.

—¿No has pasado por delante de ningún kiosco? Sale en primera página.

—¿El qué?

—Tu foto.

Ann suspiró pesadamente y fue hacia la cocina pensando que se iba a tomar una copa de vino en vez de un té. Ambas cosas la harían dormir, pero el vino impediría que le diese vueltas a la cabeza.

—¿Y cuál es la última noticia? —preguntó.

No era la primera vez que salía en los periódicos. La prensa se había cebado con ella cuando Dalton Rothschild se había inventado que habían tenido una aventura.

—«Giro inesperado en el mundo de las subastas de alto nivel» —leyó Darby, siguiéndola.

—Me pregunto qué será lo próximo —comentó Ann, que ya había sacado la botella de vino y estaba buscando el sacacorchos.

Darby se sentó en un taburete de madera y abrió el periódico.

—«Incapaz de limpiar su nombre ni el de Waverly's del escándalo del Corazón Dorado, Ann Richardson parece haber decidido hacer las cosas a la antigua usanza».

—¿Y cuál es la antigua usanza?

—Acostarse con quien sea para salir del lío.

—¿Se refieren a Dalton? —preguntó Ann, que no entendía lo que quería decir el periodista.

—No, al príncipe Raif Khouri.

Ann se quedó de piedra.

–¿Qué?

–Lo que oyes.

–Qué golpe tan bajo.

–Han sacado una fotografía –continuó Darby.

–¿Y qué? –preguntó Ann.

–Que sales besándote con el príncipe.

Ann notó que le ardía el rostro.

–Y no parece obra del Photoshop.

A Ann se le hizo un nudo en el estómago. Solo había sido una vez…

–Maldita sea –dijo, acercándose a la encimera para verse abrazada al cuello de Raif, besándolo.

–¿Un teleobjetivo? –preguntó Darby.

–Estaba en Rayas –comentó ella, preguntándose cómo era posible que también hubiese paparazzi allí.

–Entonces, ¿es cierto? –preguntó Darby sonriendo con picardía–. ¿Te has acostado con el príncipe Raif?

–Por supuesto que no –dijo Ann–. Aunque sí lo he besado, eso es evidente. Solo una vez. Esta vez. Y en la otra punta del mundo. En un jardín privado del palacio Valhan.

Por un instante, recordó aquel momento, que había tenido lugar durante la última hora que había pasado en Rayas. No era la primera vez que lo revivía, lo había hecho mil veces.

–No me habías contado que te habías enamorado de él –comentó Darby.

–No me enamoré de él. Es un cerdo arrogante que piensa que soy una delincuente y una mentirosa.

19

Darby volvió a mirar la fotografía.

–Sí, parece que besas a un cerdo arrogante.

–Yo no lo besé, fue él –mintió Ann.

Tal vez hubiese empezado el beso Raif, pero ella había respondido con el mismo interés.

–Entonces, ¿fue él el que se enamoró de ti? –preguntó Darby.

–No fue un beso de amor –le explicó Ann–. Sino un juego de poder, de dominación. Raif quería dejarme algo claro.

–¿Que es un hombre muy sexy? –preguntó Darby, inclinando la cabeza para ver la fotografía desde otro ángulo–. La verdad es que no da la sensación de que estuvieses resistiéndote.

Eso era cierto. Raif podía ser un hombre testarudo y arrogante, pero también era muy atractivo. Y besaba estupendamente. Además, Ann no podía negar que había mucha química entre ambos, pero eso no se lo iba a decir a Darby.

Bastante tenía con intentar olvidarlo ella.

–Lo que quería dejar claro es que en su país puede hacer lo que le complazca, y que yo no puedo hacer absolutamente nada para detenerlo. Me marché de allí en el primer avión.

–¿A qué te refieres con eso de que puede hacer lo que le complazca?

Ann se encogió de hombros y volvió a por la botella. Necesitaba aquella copa de vino más que nunca.

–Puede cobrar impuestos a los pobres, expropiar propiedades privadas, nacionalizar la industria o meter a personas inocentes en la cárcel.

—¿Iba a meterte en la cárcel?

Ann quitó el corcho y miró a Darby a los ojos.

—No lo sé.

—¿Pero, en su lugar, te besó?

—Eso parece. Y supongo que no esperaba que le gustase. Se quedó aturdido un minuto, y yo tuve la oportunidad de escapar.

Darby se estiró para sacar dos copas de la estantería que había al final de la encimera.

—¿Por qué no me lo habías contado?

—Porque es más fácil negar que ha ocurrido si no analizas los detalles con tu mejor amiga.

Darby dejó las copas.

—Es una pena que haya pruebas fotográficas.

Ann volvió a mirar la fotografía. De todos modos, intentar negarlo no le estaba sirviendo de nada. Todavía podía sentir los fuertes brazos de Raif alrededor de su cuerpo, su sabor en los labios, su olor especiado y la brisa del océano despeinándola. Se estremeció solo de pensarlo.

—Será mejor que llenes las copas —le dijo Darby, interrumpiendo sus pensamientos.

Ann estaba de acuerdo.

Iba a hacerlo cuando sonó el timbre del telefonillo. Ambas lo miraron.

—No respondas —le aconsejó Darby—. Podría ser un periodista.

Ann pensó lo mismo, pero luego se dijo que podía ser Edwina. Había tenido el teléfono apagado casi todo el día y Edwina Burrows, el miembro más antiguo de la junta directiva de Waverly's, tenía la costumbre de pasarse por su casa a primera hora de la tarde, cuando salía a pasear al perro.

Ann tenía que contarle lo del interrogatorio. Y tenía que explicarle lo de la fotografía en la que aparecía besándose con el príncipe Raif. Edwina era una de las personas que más la apoyaban en la casa de subastas y, en esos momentos, Ann necesitaba cualquier ayuda que pudiese recibir.

–Podría ser Edwina –le contestó a Darby, acercándose al aparato.

Se secó las palmas de las manos en los muslos. Si era un periodista, mentiría y diría que Ann Richardson no estaba en casa y que no sabía cuándo iba a volver.

–¿Dígame?

–¿Ann? Soy el príncipe Raif Khouri –dijo una voz de hombre que fingía tener acento extranjero–. Tenemos que hablar.

–Sí, claro –replicó ella, sacudiendo la cabeza–. Dile al director de tu periódico que eso no va a funcionar.

Darby llenó las dos copas de vino.

–He venido desde muy lejos para tener esta conversación.

Ann pensó que el acento no estaba tan mal.

–¿He hecho algo para que penséis que soy tonta?

–¡No digas nada! –murmuró Darby, entrando en el salón–. Te lo sacarán todo.

–Señorita Richardson, ¿he hecho algo para que pienses que voy a desistir? –inquirió la voz, en esa ocasión en tono más autoritario.

A Ann se le aceleró el pulso al reconocer aquella voz. Era una voz que le daba miedo. Y una voz que la excitaba.

Darby miró a su amiga, que parecía sorprendida.

—¿Qué pasa?

Ann tragó saliva.

—Es él.

—¿Él, él?

Ann asintió.

—¿El príncipe Raif?

Ann asintió más despacio. Raif estaba en Estados Unidos. Y sabía dónde vivía.

—Apártate del telefonillo —le aconsejó Darby en voz baja.

Ann apartó la mano del aparato y retrocedió.

—No lo dejes entrar —añadió Darby en un susurro.

Y ella casi se echó a reír. No hacía falta que Darby le advirtiese que guardase las distancias con Raif. Tomó una de las copas de vino y le dio un trago.

—Jamás se me ocurriría.

Capítulo Dos

Raif nunca había entendido la obsesión que tenían los estadounidenses de separar lo que era legal de lo que era lógico, pero escuchó a Tariq y a Jordan, que le advirtieron acerca de las leyes antiacoso y esperó a poder acercarse a Ann «legítimamente» en un acto benéfico.

El lugar en el que se celebraba el evento había sido una residencia familiar, por lo que tenía multitud de habitaciones y pasillos distribuidos en varias plantas. Para aquella celebración habían decorado cada habitación como si fuese un país europeo diferente, y habían puesto en ellas platos y bebidas típicos de cada lugar. A Raif no le interesaba comer ni beber, ni tampoco relacionarse. Al llegar, hizo una generosa donación en nombre de la familia real y le presentaron al director de la junta del hospital, le hizo un cumplido a su esposa y luego fue en busca de Ann.

El edificio era en esos momentos el Crystal Sky Restaurant, un edificio histórico que había sido construido en los años treinta, como mansión de un industrial. Se caracterizaba por los enormes ventanales que daban al jardín, que en esos momentos estaba decorado con motivos navideños.

Por fin vio a Ann en la habitación de Suecia.

Estaba junto a un enorme reno, parcialmente tapada por un muro de brillantes estrellas. Raif se detuvo un instante. El olor a chocolate y a nuez moscada lo rodeaba y solo podía ver a Ann.

Salió de la habitación alemana y fue hacia Francia. Alguien intentó darle una copa de champán, pero él la rechazó educadamente y siguió avanzando.

Ann estaba preciosa con un vestido rojo sin tirantes que se le ceñía a los pechos y a la cintura, donde llevaba una banda de cristales que terminaba en un broche que descansaba en su cadera. La falda de satén caía hasta sus pies, en los que llevaba unas sandalias de un rojo brillante.

Se estaba riendo con el hombre que tenía al lado. Sus labios rojos tocaron el borde de la copa y Raif recordó el momento en que la había besado. No pudo evitar excitarse, pero hizo un esfuerzo por contenerse y siguió andando.

En esa ocasión le ofrecieron un ponche, que él volvió a rechazar. Ann se apartó del otro hombre y, de repente, lo reconoció y separó los labios, sorprendida.

Estaba casi a su lado cuando la sorpresa se convirtió en fastidio.

—Márchate —le susurró.

—Tenemos que hablar.

—En público, no.

—Pues vamos a alguna parte donde podamos estar a solas —le dijo Raif, que también prefería esa opción.

—Vete, Raif. No le voy a dar al *Inquisitor* otra

foto de portada –insistió ella, mirando a su alrededor con preocupación.

–¿Quién está hablando de una foto?

–Tenías que ver la del *Inquisitor*.

Jordan se la había enseñado el día anterior.

–No leo los periódicos.

–Ni yo –respondió Ann–. Y no quiero volver a ser noticia.

–Entonces, me alegro de no querer yo tampoco volver a besarte.

Ella lo fulminó con la mirada e intentó pasar de largo.

–No nos pueden ver juntos.

Raif la agarró del brazo desnudo.

–A ti no te conviene, no.

–Suéltame.

–No hasta que hablemos.

–Me estás haciendo daño.

–No.

A Raif le daba igual que los viesen juntos. Y no le importaba que los acusasen de tener una aventura. No iba a permitir que la opinión pública dictase sus actos.

–¿Estás intentando arruinarme la vida? –le preguntó Ann.

–¿Y tú a mí?

–No tengo nada que ver con el robo de tu estatua.

–Eso dices tú –replicó él, que no la creía.

Según la descripción que el príncipe Mallik había hecho del ladrón, tenía una voz muy parecida a la de Roark Black.

–Raif, por favor. Aquí no. Ahora no –le suplicó ella.

Aquello le produjo compasión, pero intentó aplacarla. No obstante, vio algo en sus ojos azules que lo debilitó.

Odiándose a sí mismo, Raif retrocedió detrás de la pantalla cubierta de estrellas para que tuviesen más intimidad.

–¿Mejor así?

–No.

A su lado había una puerta. ¿Ann quería privacidad? Muy bien. Raif la abrió y la hizo entrar.

–Eh –protestó Ann mientras él cerraba la puerta–. No puedes…

–Ya lo he hecho –respondió él, cerrando la puerta tras ambos.

En la habitación solo había una mesa para seis personas. Dos paredes estaban cubiertas de botelleros y las otras dos eran enormes ventanales que daban al jardín.

–Déjame pasar –le pidió Ann.

Raif le bloqueó la salida.

–Nadie nos verá aquí –le dijo en tono sarcástico.

–No es eso.

–Entonces, ¿qué ocurre, Ann? ¿No eres capaz de seguir mintiendo conmigo delante?

Ella apretó la mandíbula y lo fulminó con la mirada. Se oyó a través de las paredes un cuarteto cantando a cappella.

–Yo no miento.

Él intentó leer su expresión, pero se quedó

prendado de su belleza. Deseó acariciar sus mejillas, pasar las manos por sus hombros desnudos y probar su delicada piel y sus sensuales labios.

–Ann.

–¿Qué quieres que te diga, Raif? –respondió ella en tono cauto.

No se trataba de lo que Raif quería que le dijese, sino de lo que este quería que hiciese. Y lo que quería que hiciese no tenía nada que ver con la estatua de su familia.

–¿Cómo puedo terminar con esto? –le preguntó Ann.

–Devuélveme mi estatua –le dijo él, volviendo a centrarse en su objetivo.

–Eso es imposible.

–Entonces, dime dónde está.

–No lo sé.

–Pues tráeme a Roark Black.

–Roark no tiene tu estatua.

Raif se acercó un paso para arrinconarla.

–En Rayas, no te lo pediría de manera tan educada.

Ella tomó aire y después apretó los labios.

Raif apretó los puños para controlar el deseo de besarla.

–No estamos en Rayas –le dijo Ann.

–Es una pena –respondió él.

–¿Por qué? ¿Si estuviésemos en Rayas, me encerrarías en un calabozo?

Raif decidió ser sincero.

–Si estuviésemos en Rayas, te ataría a mi cama.

Ella abrió mucho los ojos y se quedó boquiabierta.

–Hace cien años –continuó él–, te habría atado a mi cama la noche que me besaste.

–Es una suerte que los tiempos hayan cambiado. Y fuiste tú quien me besó.

–Tal vez –admitió Raif, recorriendo su sensual cuerpo con la mirada–, pero te habría hecho feliz en la cama.

–¿Tu ego no tiene límites?

–Dicen que soy un excelente amante.

Ann se cruzó de brazos, lo que, por desgracia, realzó todavía más su escote.

–¿Lo dicen mujeres a las que podrías encerrar en un calabozo?

–En su mayoría –admitió él, encogiéndose de hombros y haciendo un esfuerzo por apartar la mirada de sus pechos.

Nunca le había dado por pensar que tal vez sus amantes solo le seguían la corriente.

–Pues deberías intentarlo con alguien sobre quien no tengas poder.

–Gracias por el consejo –respondió Raif, pensando que quería que ese alguien fuese Ann, en ese preciso instante.

–Ya veríamos entonces si te pondrían tan bien –continuó ella.

–A no ser que quieras presentarte voluntaria, yo cambiaría de tema.

–¿Qué?

Raif arqueó las cejas y se lo explicó con la mirada.

Ann tragó saliva.

–Ah.

–Sí.

–No pretendía… –empezó, abrazándose.

–Mi padre está muy enfermo –le contó él, cambiando bruscamente de tema de conversación–. El robo del Corazón Dorado le ha hecho sufrir demasiado.

–Lo siento mucho –respondió Ann con un hilo de voz.

A Raif se le encogió el pecho de repente y tuvo que hacer un esfuerzo para que no se le notase la emoción en la voz. Era extraño. Hablaba de su padre a todas horas y no le ocurría aquello.

–Si recuperase la estatua, volvería a estar tranquilo.

Ann le tocó el brazo.

–Te la daría si pudiera.

Él bajó la vista a su delicada y pálida mano, y después la alzó a sus ojos. Parecía sincera. Era difícil creer que era una ladrona.

–Pues hazlo.

–No puedo –le dijo ella con los ojos vidriosos.

Él la abrazó por la cintura.

–Sí puedes.

–Raif…

Este notó su cuerpo caliente contra el de él. Las curvas de Ann se acoplaron a sus ángulos. Su olor a lavanda lo aturdió y no pudo evitar excitarse.

Iba a besarla.

Iba a volver a besarla y no había fuerza en la Tierra capaz de impedirlo.

Le sujetó la cabeza y se inclinó hacia delante.

—California —dijo ella.

Raif se detuvo.

—¿Qué?

—Que Roark dijo que iba a California.

Raif se obligó a apartarse.

—Vas a tener que concretar un poco más.

—A Los Ángeles —continuó Ann, intentando zafarse de él—. Suele alojarse en el Reginald de Santa Mónica.

—Me estás mintiendo.

Ella negó con la cabeza.

—Me estás entregando a Roark.

—Sí.

—Para evitar un beso.

—El último me ha causado muchos problemas.

Raif apartó la mano de su sedoso pelo. Su último beso también le había causado muchos problemas a él, pero de otro tipo. No había conseguido sacársela de la cabeza y eso no le permitía centrarse en hacer lo que era mejor para su país.

—¿Santa Mónica?

Ann asintió.

—En el Reginald.

—¿Y tiene la estatua?

—Eso se lo tendrás que preguntar a él.

Raif dudó.

—Me resulta demasiado sencillo.

—Para mí no lo ha sido. Ahora, suéltame, Raif. La agresión es un delito en este país.

31

–No te estoy haciendo daño.

–Necesitas mi permiso para agarrarme así.

–Eso es ridículo.

–Tal vez lo sea en Rayas, pero aquí lo que has hecho es secuestro y retención ilegal.

–Si te he hecho venir a dos metros de donde estabas.

–Pero no dejas que me marche.

Raif supo que estaba exagerando, pero le había dicho dónde podía estar Roark Black, así que la tenía que soltar.

–Ya puedes marcharte –le dijo.

–Qué generoso por tu parte –contestó ella, apartándose y abriendo la puerta para salir.

Por un momento, a Raif le preocupó haberla asustado de verdad, pero después pensó que Ann tenía que saber que lo único que le habría hecho habría sido besarla. Jamás le habría hecho daño.

Entonces se dio cuenta de que era una ladrona que le estaba haciendo daño a su familia, y que había confesado al ponerse nerviosa.

Iría a California y pondría a Roark Black nervioso también.

–¿Nada te da miedo? –le preguntó Darby, limpiándose el sudor de la frente.

Ambas mujeres estaban subidas en sendas bicicletas estáticas en el gimnasio.

–No va a saber que he sido yo –le respondió Ann–. Y ha funcionado, ¿no te parece?

–A corto plazo –le dijo Darby.

–Reservé tres noches a nombre de Roark en el Reginald de Santa Mónica –comentó Ann–. Raif y sus hombres comprobarán que está registrado, luego vigilarán el hotel y esperarán a tener a Roark.

–¿Y después de esas tres noches?

Ann se encogió de hombros.

–Raif dará por hecho que Roark se ha dado cuenta de que lo están vigilando o que ha cambiado de planes. Con un poco de suerte, se quedará algún día más buscándolo por California.

–Has engañado al príncipe heredero de Rayas.

–No podía permitir que se quedase aquí y que me anduviese siguiendo por la ciudad.

–Entonces, ¿has podido encontrar realmente a Roark?

Ann negó con la cabeza.

–Le he dejado una docena de mensajes. O es realmente imposible localizarlo, o le da miedo hablar conmigo.

–¿El FBI sigue tras él?

–Está interesado en él. Lo mismo que la Interpol, como es evidente, pero si no tienen pruebas del robo… y nunca las tendrán.

–¿Porque las ha borrado demasiado bien o porque no existen?

–No existen.

–Estás muy segura.

–Conozco a Roark lo suficiente como para estar segura. A lo mejor no está localizable, pero quiere limpiar el nombre de Waverly's. Apostaría mi vida por ello.

A Roark le gustaba el riesgo, pero era un hombre de principios y muy profesional. Le había asegurado a Ann que la estatua del Corazón Dorado que había conseguido no era robada y ella lo creía. No obstante, en días como aquel, deseaba que se diese prisa en demostrarlo.

—¿Y si te equivocas con Roark? —le preguntó Darby en voz baja.

—Entonces, me quedaré sin trabajo. Y Waverly's tendrá que enfrentarse a una adquisición hostil por parte de Rothschild's.

Ann dejó de pedalear y respiró hondo. Con el corazón acelerado, tomó una toalla blanca y se limpió el sudor de la frente y del cuello.

Darby también dejó de pedalear.

—Tengo que volver a casa y prepararme para ir a trabajar —le dijo Ann—. Esta noche es la gran noche.

—¿Qué subastáis? —le preguntó Darby, bajando de la bicicleta.

—Es mi subasta favorita del año. Objetos de lujo, de procedencia extraordinaria. Para multimillonarios que quieren hacer compras de Navidad de última hora —bromeó Ann, estirándose la camiseta mientras bajaba de la bicicleta.

La Navidad era la última oportunidad para que Waverly's alcanzase su objetivo anual de ventas. Esa noche iban a subastar joyas y muebles antiguos de algunas familias nobles de ambos lados del Atlántico. Waverly's sabía muy bien lo que los hombres ricos querían para sus novias y esposas en Navidad.

–Oh, oh –dijo Darby de repente, agarrando a Ann del hombro y señalando una televisión que había en la sala.

Dalton Rothschild estaba hablando con la fotografía de Ann de fondo.

–«¿Espera que los accionistas acepten su oferta?» –le preguntó el periodista.

–«Teniendo en cuenta los acontecimientos de los últimos días y la creciente falta de credibilidad de la señorita Richardson, espero que sí, es lo que ha recomendado su junta».

–Qué hijo de perra –gruñó Darby.

–Este sí que juega sucio –admitió Ann.

Luego se preguntó de qué estaría hablando concretamente. ¿Habría cambiado algo? Ella suponía que no tenía el apoyo de toda la junta directiva de Waverly's, sino solo de la mitad. O tal vez menos, después de lo ocurrido con Raif el día anterior.

Pero eso no explicaba el comentario de Rothschild.

Aunque también era posible que Dalton le estuviese mintiendo al periodista y que la junta directiva no hubiese recomendado que le vendiesen las acciones. Al menos, eso esperaba ella. Si no estaba mintiendo, ella ya podía ir sacando sus ahorros para ir a esconderse al Caribe, porque su vida profesional estaría acabada.

–¿Qué vas a hacer? –le preguntó Darby mientras en la televisión pasaban a otra noticia.

–Tengo que hablar con Edwina –respondió ella, echándose la toalla al hombro y dirigiéndose a las duchas, donde tenía guardado el teléfono en una taquilla. Tenía que averiguar si lo que Dalton había dicho era verdad y, si era cierto, ver qué miembros de la junta lo apoyaban.

–¿Y Roark? –preguntó Darby.

Ann llevaba varios días intentando no perder la paciencia con él.

–Sé que es complicado –admitió–, pero, si no aparece con las pruebas de que la estatua del Corazón Dorado que tenemos no es falsa ni robada, será mejor que no aparezca. Porque Waverly's habrá dejado de existir.

–¿Te van a despedir? –añadió su amiga.

–Espero averiguarlo después de la subasta de esta noche.

Era la verdad. Había miembros de la junta directiva que todavía confiaban en ella y sabían lo mucho que había hecho prosperar a la empresa en los últimos años, pero también era cierto que se estaba convirtiendo en una carga.

–Maldito seas, Raif Khouri –murmuró entre dientes.

Si no hubiese sido por él, al menos habría tenido la oportunidad de luchar por su trabajo.

Raif estudió las vistas nocturnas de Manhattan desde la suite real del hotel Plaza. Estaba furioso desde que, esa mañana, había descubierto el engaño de Ann. Había perdido dos días. Roark no estaba en California. Lo más probable era que no hubiese estado nunca allí. Sí había una reserva a su nombre en el hotel, pero a Raif no le había costado mucho averiguar que la habitación había sido pagada con la tarjeta de crédito de Ann.

Era una mujer lista. Y también astuta. Pero Raif ya sabía a lo que se enfrentaba e iba a ir a por ella, sin miramientos.

Oyó que se abría y se cerraba la puerta de la suite.

—Ya está —le dijo Tariq acercándose.

—¿Ha picado? —le preguntó Raif sin darse la vuelta.

—Ann estará aquí dentro de veinte minutos.

—Bien —respondió él, sonriendo con satisfacción.

—¿Tienes hambre? —le dijo su primo.

—En absoluto.

—Tal vez después…

—Después estaré ocupado. ¿Jordan se ha marchado?

—Sí.

—Pues tú deberías irte también.

—Raif, no…

Él se giró bruscamente.

—No, ¿qué?

Casi podía leerle el pensamiento a su primo. ¿Se atrevería a tratarlo como a su primo y amigo y a cuestionar sus actos? ¿O lo trataría como al futuro rey?

—Deberías marcharte —repitió.

–Me preocupas.

–Y a mí me preocupa Rayas –respondió Raif.

–No vas a hacerle daño, ¿verdad? –se atrevió a decir Tariq.

–No lo sé. Ella ha hecho lo que ha hecho, y yo necesito lo que necesito –respondió–. Ha llamado Kalila.

–¿Por fin ha entrado en razón? –quiso saber Tariq.

–No. Es una niña mimada.

–Es un producto de su tiempo –comentó Tariq.

–No tenía que haber permitido que fuese a estudiar a Estambul.

Tariq se acercó a la ventana.

–Necesita comprender el mundo.

–Necesita comprender cuál es su deber.

Tariq guardó silencio un momento.

–¿No pensarás que es la maldición del Corazón Dorado?

–No hay ninguna maldición.

–Entonces, ¿por qué te estás enamorando de Ann Richardson?

–Quiero estrangularla.

–Pero antes quieres besarla hasta perder el sentido.

Raif no lo negó.

–Pero no tiene nada que ver con el amor –dijo por fin–. Es deseo.

–¿Estás seguro?

–Completamente.

–Si te pasas de la raya, te deportarán –le advirtió su primo.

–No me pasaré –le aseguró Raif.

Tariq se echó a reír.

–Estamos en Estados Unidos. Ni siquiera sabes dónde está el límite.

–Todo irá bien. Márchate. No quiero meterte más en esto.

–Está bien –le dijo Tariq–. Conozco un club en la Quinta Avenida en el que hay buena música, un coñac excelente y mujeres preciosas. No me esperes levantado.

–Nunca lo hago –le respondió Raif, pensando ya en lo que iba a hacer y a decir cuando apareciese Ann.

Después oyó salir a su primo de la suite y el ruido del ascensor al bajar.

Aguardó diez minutos y fue al salón a esperar a Ann, donde escogió un lugar desde el que ella no lo veía al entrar por la puerta.

Como estaba planeado, unos minutos después apareció un botones, que la hizo entrar y le pidió que se sentase en el sofá que había en el centro de la habitación. Raif esperó a que el hombre se marchase y salió de entre las sombras.

Nada más ver movimiento, Ann se puso en pie.

–Hola, ¿señor Oswald? Soy…

–Hola, Ann –respondió él acercándose.

–¿Raif? ¿Qué…? Se supone que he venido a ver a…

–Leopold Oswald. Sí, lo sé.

–Está interesado en que subastemos algunos de sus cuadros –comentó Ann confundida.

Raif se detuvo delante de ella.

–Me temo que no.

–¿Ha cambiado de opinión? ¿No le habrás dicho algo? Raif, no puedes…

–Ann, Leopold nunca ha querido vender ningún cuadro.

Ella entrecerró los ojos.

–Yo iba a encontrarme con Roark –continuó Raif–, y tú, con Leopold…

–Entonces, Leopold no va a venir.

–Chica lista.

–Me has mentido. O alguien con un acento alemán muy convincente lo ha hecho.

–Tú también me mentiste a mí –le recordó Raif.

–Pensé que Roark estaría en Santa Mónica –siguió mintiendo ella.

–Tú misma hiciste la reserva y pagaste las tres noches de hotel –le dijo él.

–Está bien, se suponía que no ibas a averiguar esa parte –confesó Ann.

–No estoy de broma.

–Tenía que deshacerme de ti. Es un momento muy complicado para Waverly's y para mi carrera.

–Entonces, ¿quieres decir que en determinados momentos está justificado mentir?

–Si estás haciendo lo correcto, sí.

–En ese caso, entenderás lo que voy a hacer.

Ann se quedó inmóvil.

–¿Qué vas a hacer?

–Voy a llamar a Roark Black para hacer un

trato con él –respondió Raif, sacando su teléfono–. Considérate secuestrada, Ann.

Ella parpadeó varias veces.

–No digas tonterías.

Raif se limitó a sonreír.

Ella, como era de predecir, fue hacia la puerta de la suite.

–Hay un guardia de Rayas fuera. No te dejará salir.

Ann siguió andando y abrió la puerta, donde se encontró con el enorme Ali Geensh, que la miró con el ceño fruncido.

Ella volvió a cerrar la puerta. Tomó su bolso y buscó el teléfono.

Raif dio tres zancadas y se lo quitó de las manos.

–Gracias, no sabía cómo conseguir el número de Roark, supongo que lo tendrás en tu lista de contactos.

–Devuélvemelo –protestó Ann, intentando quitarle el aparato.

Raif lo mantuvo fuera de su alcance.

–No te molestes.

–No tienes ningún derecho…

–Ni tú tampoco.

–Yo no he violado ninguna ley.

–¿Y te ayuda eso a dormir mejor por las noches?

–Duermo muy bien.

–Yo también lo voy a hacer –respondió él, buscando el número de Roark y dándole al botón de llamar.

–Le he dejado un montón de mensajes –le advirtió Ann.

–Como este, no –le dijo Raif, antes de hablar al aparato–. *Roark, soy el príncipe Raif. Tengo a Ann. Llámame.*

Ella abrió mucho los ojos.

–Te detendrán. Me estás secuestrando de verdad, Raif.

–No me detendrán.

–Me estás reteniendo en contra de mi voluntad. ¿Cómo piensas que va a terminar esto?

–Espero que termine con Roark trayéndome mi Corazón Dorado.

–Te meterán veinte años en la cárcel por secuestrarme.

Raif resopló.

–Como mucho, me deportarán. Y dado que Rayas es uno de los pocos países estables que exporta minerales raros, pronto se olvidarán de lo ocurrido. Todavía no lo entiendes, ¿verdad?

–¿El qué? –preguntó Ann confundida.

–Quién soy. Y lo que puedo hacer. Soy el príncipe heredero de un país extranjero, Ann. Tengo inmunidad diplomática. Puedo salir airoso de cualquier situación.

Ann tragó saliva.

–¿Inmunidad…?

–Ahora estás a mi merced.

Capítulo Tres

–No pienso jugar a tu juego, Raif –le advirtió Ann.

–¿Quién ha dicho que sea un juego? –le respondió él con naturalidad.

Parecía muy tranquilo y cómodo en aquella lujosa suite. Llevaba un traje oscuro bien planchado y con un bonito corte. Su camisa blanca estaba impoluta y la corbata, burdeos y gris, le daba un aire de autoridad. Ann nunca había visto una fotografía suya en la que no estuviese perfectamente afeitado, y se preguntó si le cortarían el pelo todas las mañanas. No quiso ni imaginarse el precio de sus zapatos negros.

–Venga, no esperarás que me crea que vas a retenerme aquí.

Raif se encogió de hombros.

–Estás aquí, ¿no?

–Me marcho.

–Puedes intentarlo.

Sin apartar la vista de él, Ann se acercó al teléfono del hotel. Levantó el auricular. Silencio. Apretó la tecla del cero. Dio tono, pero no ocurrió nada más.

–¿No funciona? –preguntó con incredulidad.

Raif no contestó.

–¿Por qué tengo la sensación de que no es tu primer secuestro?

–Es la primera vez que alguien ha intentado escapar.

–¿Qué? ¿Tus víctimas suelen arrojarse a tus pies?

–A veces.

–¿Sabes que vives en una burbuja?

–Soy consciente de que soy un privilegiado.

–¿Un privilegiado? –le espetó ella, colgando el auricular–. Te regalaron un castillo y un Porsche en tu dieciséis cumpleaños. Yo creo que eres un niño rico e insoportable que necesita desesperadamente que alguien le ponga límites.

Él entrecerró los ojos.

–Y tú eres una hipócrita maquinadora que necesita desesperadamente que alguien la ate a un polígrafo.

–¿Tienes uno de esos? –le preguntó Ann–. Porque no me importaría hacerlo, aquí y ahora.

–Tengo que admitir que no lo había pensado –le dijo él.

–Qué pena, porque podríamos haber resuelto el problema.

–Lo resolveremos cuando Roark devuelva la llamada.

–Roark no va a llamar.

Lo último que haría Roark Black sería negociar con un secuestrador.

–Esta noche tengo una subasta –le informó Ann–. Tengo que ir a trabajar.

Raif levantó ambas manos.

–¿Tienes que ir a trabajar? ¿Por qué no me lo habías dicho? En ese caso, te puedes marchar.

–Idiota –murmuró Ann, cruzándose de brazos.

–¿Tienes hambre?

Tenía hambre, pero no iba a admitirlo. No iba a aceptar nada de él. Había leído mucho acerca del síndrome de Estocolmo.

–En absoluto –respondió, dejándose caer en el sofá.

Había estado con tacones desde que había salido del gimnasio esa mañana y le dolían los pies.

Se había vestido para impresionar esa noche en la subasta, pero le daba igual lo que Raif pensase de ella. Si hubiese sabido lo que la esperaba, se habría puesto una falda, una camisa y una chaqueta menos ajustadas. Y otro sujetador que no fuese nuevo, con cazuelas y de encaje.

–¿Siempre eres tan testaruda? –le preguntó Raif, sentándose en el sillón que había al lado del sofá.

–Lo siento –dijo ella con falsa dulzura–, ¿no me estoy comportando como debería comportarse la víctima de un secuestro?

Él estiró las piernas y las cruzó por los tobillos.

–Solo tienes que cooperar y esto se habrá terminado antes de que te des cuenta.

–Lo que quieres es que admita que robé tu estatua –le dijo ella, harta de que le pidiesen que lo hiciese.

Raif sacó el teléfono y tocó una tecla.

–Premio –le dijo, antes de llevárselo a la oreja–. ¿Ali? Cena para uno.

Ann puso los ojos en blanco.

–¿Has cambiado de idea? –le preguntó él.

–No –respondió Ann, poniéndose en pie–. ¿Puedo ir al cuarto de baño?

–Sí –le dijo él, señalando hacia el pasillo que había detrás del piano.

Ann atravesó el salón. El cuarto de baño estaba a mitad del pasillo, a mano izquierda. Al final del pasillo estaba el dormitorio principal, con una enorme cama con dosel, cubierta por una colcha de satén verde.

Tragó saliva y entró en el baño, borrando de su mente la imagen de Raif y de ella en la cama.

El príncipe no podía llegar tan lejos.

Tal vez tuviese inmunidad diplomática, pero también tenía que tener algún código moral. O eso esperaba ella.

Cerró la puerta y echó el cerrojo. Se sintió mejor encerrada en el baño. Se le ocurrió que podría quedarse allí hasta que Raif entrase en razón.

Se miró en el espejo. No, no era mala idea. Raif no podría entrar con el cerrojo echado y, además, si no lo tenía delante, podría fingir que no se sentía atraída por él.

Miró a su alrededor.

Nunca había visto un cuarto de baño tan grande. La bañera, en la que debían de caber cuatro personas, estaba situada junto a un ventanal y adornada con plantas y velas blancas. Al lado había un pequeño banco y una mesita. Había dos lavabos situados a ambos extremos de una larga encimera de mármol. En ella descansaban varios cestos con todo tipo de artículos de tocador.

Y colgando de las perchas de la pared, dos esponjosos albornoces.

El váter estaba en un discreto cubículo de cristal. También había una ducha enorme. Y por lo menos diez toallas, y un teléfono...

Se acercó a él y levantó el auricular para llevárselo a la oreja.

No oyó nada.

—Maldita sea.

Que funcionase había sido mucho esperar.

Clavó la vista en la bañera y se frotó la zona dorsal, donde se le estaba clavando el encaje del sujetador. Un baño le haría mucho bien. Y, mientras tanto, Raif se tranquilizaría en el salón.

Si había esperado que se pusiese histérica o que se desmayase, se había equivocado. Tuviese inmunidad diplomática o no, sus actos tendrían consecuencias, Ann estaba segura.

Pero hasta que eso ocurriese, sus opciones eran limitadas. Podría volver al salón e intentar razonar con él. O volver al salón y verlo cenar mientras ella se moría de hambre. O podía quedarse allí y disfrutar de las instalaciones del hotel.

—Fastidiate, Raif Khouri —murmuró.

Se acercó a la bañera y abrió un grifo. El agua

caliente empezó a salir y ella le puso el tapón a la bañera.

Pero entonces se preguntó si de verdad quería meterse en la bañera desnuda con Raif al otro lado de la pared.

¿No debería salir y enfrentarse de nuevo a él? Si no aparecía en Waverly's esa noche, lo más probable era que la despidiesen.

¿Se apiadaría Raif de ella?

Tenía la sensación de que no.

Volvió a mirar el agua y se preguntó cuánto tiempo tardaría el príncipe en ceder. Tal vez no lo hiciese hasta el día siguiente.

También se preguntó qué harían la policía y el FBI cuando sus amigos denunciasen su desaparición. Nadie sabía que había ido al Plaza esa noche. Y los agentes de la Interpol podrían pensar que se había marchado de la ciudad, o incluso del país.

Se sentó en el borde de la bañera y aceptó que nadie la iba a rescatar. Roark no iba a llamar. Y Raif no la iba a escuchar.

El nivel del agua siguió subiendo en la bañera.

Ann se quitó los zapatos y suspiró. Luego buscó entre los productos que había en el baño y encontró una caja de cerillas y un frasco de aceite de lavanda, su favorito.

Quitó el tapón y lo olió antes de echarlo en el agua. Tenía un olor muy relajante.

Luego dejó el frasco y tomó las cerillas para encender las velas una a una. La bañera estaba casi llena, así que cerró el grifo.

Luego se quitó la ropa y entonces vio algo debajo de la encimera. ¿Un pequeño frigorífico?

Lo colgó todo y se acercó. Había varias botellas pequeñas de vino, cerveza, ginebra, vodka, whisky y champán.

Se dijo que se lo merecía.

Encontró una copa en otro armario y descorchó una de las botellas de champán, sonriendo por primera vez en una hora después de ver volar el corcho.

Raif podía quedarse esperando.

Se sirvió una copa, la dejó en el borde de la bañera y se metió dentro.

Entonces llamaron a la puerta.

—¿Ann?

—Estoy ocupada.

—¿Qué estás haciendo?

Ann tomó la copa y le dio un sorbo.

—¿Ann?

—Estoy ocupada —repitió.

—¿Qué estás haciendo?

—Esa pregunta es muy indiscreta.

—¿Has llenado la bañera?

—¿Sabías que hay un minibar aquí dentro?

Raif guardó silencio un momento.

—No.

—Estoy bebiendo champán. Es bastante bueno. Te lo cargarán a la habitación, ¿verdad?

—Supongo.

—Bien.

—Sal a tomártelo aquí.

—No.

–Ha llamado Roark.

–No me lo creo –respondió ella.

–Me ha dicho que va a traerme la estatua.

Ann dio un buen sorbo a la copa de champán y se hundió más en el agua.

–Márchate, Raif. Me quieres retener aquí, no me dejas ir a trabajar, pero ¿no podemos al menos ser sinceros el uno con el otro?

–Mañana por la tarde.

Ann deseó haber apagado la luz.

–¿Es cuando me vas a dejar marchar?

–Es cuando vamos a encontrarnos con Roark.

Ann vio un interruptor en la pared y alargó la mano para apagar la luz. Así estaba mucho mejor.

La luz de las velas parpadeó contra la pared de baldosines blancos y dorados. El champán empezó a correr por su sangre. Cerró los ojos.

–¿Ann?

–No te voy a hacer caso.

Raif volvió a guardar silencio, Ann oyó sus pasos alejándose.

Pero entonces oyó de nuevo su voz al otro lado de la puerta.

–Eres insoportable.

–Estoy agotada.

Lo estaba, tanto física como psicológicamente.

Los últimos cinco meses habían sido muy duros. Tanto, que casi estaba empezando a desear que la despidiesen. Al menos, así se terminaría todo.

–Tendrás que salir antes o después –le advirtió Raif.

Eso ya lo sabía, pero no iba a salir todavía. Por el momento, prefería esconderse allí de sus problemas.

–¿Ann? –repitió Raif, sentándose en uno de los dos sillones que decoraban el pasillo.

No pudo evitar imaginársela desnuda en la bañera, con el agua corriendo por su piel de marfil.

–Márchate.

–No voy a marcharme –le dijo él, que se sentía intrigado por Ann.

–¿Estás guardando la puerta?

–Más o menos.

–No me has dejado que vaya a trabajar, Raif. Es probable que me despidan por tu culpa.

–Tú no me dejas que vuelva con mi familia –le respondió él.

–¿Qué dices? Por favor, vuelve con tu familia cuanto antes.

Raif no pudo evitar echarse a reír. Se aclaró la garganta y le preguntó:

–¿Qué estarías haciendo ahora en el trabajo?

–Estaría en una subasta de joyas antiguas muy importantes, casi todas pertenecientes a familias de la realeza europea, o a personajes de Hollywood y a políticos.

Raif estiró las piernas.

–No me importaría comprarle algo a Kalila.

Así le recordaría a su prima las ventajas de ser quien era. Su nuevo novio no podría permitirse comprarle joyas.

–¿Quieres ir a la subasta? –le preguntó Ann–. Podrías entrar conmigo.

Raif volvió a reírse.

–Buen intento.

–El lote doscientos sesenta y tres es una tiara muy bonita que perteneció a la corte de Luis XVI. Le quedaría muy bien a Kalila. La tenemos valorada en tres millones. Para ti, eso no es nada. De hecho, apuesto a que también puedes permitirte que me tome otra botella de champán.

Raif se sentó recto.

–¿Te has bebido ya una botella entera?

–Son muy pequeñas.

Raif oyó moverse el agua.

–Ann, no puedo permitir que te emborraches en la bañera.

–Pues no sé cómo vas a impedírmelo. La puerta está cerrada.

–Te ahogarás.

–Me conmueve que te preocupes por mí. ¿O es que me necesitas viva para recuperar la estatua?

–No voy a hacerte daño.

Raif oyó el ruido del tapón de la segunda botella de champán.

–Yo no me puedo permitir comprar este champán –comentó Ann–. Así que gracias. ¿Sabes que, en una ocasión, un comprador pagó doscientos setenta y cinco mil dólares por una botella de champán? ¿No te parece impresionante?

–Sí, impresionante –admitió Raif–. ¿Me avisarás si te emborrachas?

–La verdad es que ya estoy un poco borracha.

–¿Voy a tener que entrar a rescatarte?

Ann se echó a reír.

–Eso sí que sería gracioso.

–Hablo en serio, Ann. No puedo permitir que te ahogues en mi bañera.

–No te preocupes, Raif –respondió ella cantando–. No te acusarán de asesinato. Tienes inmunidad diplomática.

–Tal vez, pero, si dejas de hablar, entraré.

–Me he metido aquí para estar tranquila, no para charlar contigo.

–Vaya.

Ann guardó silencio.

–¿Ann?

–Sigo viva.

Otro silencio.

–No me costará nada forzar el cierre.

–De acuerdo. ¿De qué quieres que hablemos?

–Podrías hacerme una descripción detallada del lugar al que has llevado el Corazón Dorado.

–Veamos... De acuerdo. Hay que salir de la suite, bajar en el ascensor privado, atravesar el hall del hotel, tomar la tercera salida a la calle sesenta. La tercera a la izquierda, que da a la calle treinta y siete, atravesar el túnel que lleva al aeropuerto. Y después no estoy segura.

–Muy graciosa.

–Tengo sentido del humor. ¿No lo sabías? No, probablemente no. Dado que siempre me estás fastidiando. No has hecho otra cosa desde que te conocí.

–Tú también llevas mucho tiempo fastidiándome a mí, desde antes de conocerte.

–Sí, sí, claro, porque robé tu estatua.

–Roark la robó, pero tú lo estás encubriendo.

–No sé si sabes que tu teoría hace aguas.

–No me digas.

–Waverly's no puede comerciar con objetos robados. Perderíamos la licencia y la empresa quebraría. ¿No pensarás que somos tan tontos?

–Creíais que no os iban a descubrir.

–Hemos hecho publicidad de la subasta de la estatua.

–En inglés. Y en publicaciones occidentales.

–Por Internet.

–Seguro que pensasteis que en Rayas no teníamos Internet –replicó Raif–. O a lo mejor creíste a Roark Black. Al principio. Tenías que haber rectificado en cuanto te diste cuenta del error.

Ella tardó un momento en responder.

–Y tú. Es una coincidencia, nada más.

–No creo en las coincidencias.

Raif no podía creer que le hubiesen robado la estatua al mismo tiempo que salía a la luz la que se había hundido con el *Titanic*. Desafiaba a la lógica y a la razón.

–¿Ann?

Ella no respondió.

Raif se puso en pie.

–¿Ann?

Raif intentó abrir la puerta.

Ann seguía sin responder.

Él se metió la mano en el bolsillo y sacó una navaja multiusos.

–Estoy bien –dijo Ann.

Entonces se abrió la puerta y apareció con el albornoz blanco, el pelo mojado y la piel brillante.

–Que no cunda el pánico.

Raif apretó los dientes y se contuvo para no contestar. Por un lado, deseaba zarandearla con fuerza y, por otro, abrazarla y enterrar el rostro en su piel con olor a lavanda.

Ella se cerró las solapas del albornoz y anunció:

–Tengo hambre. Iba a negarme a aceptar nada de ti, pero he cambiado de opinión. Pídeme algo que sea muy caro.

–¿Esta es tu manera de revelarte?

–Sí –respondió ella, haciendo un puchero.

Raif deseó besarla, pero se contuvo.

–Que sepas que no vas a conseguir arruinarme comiendo.

–En ese caso, quiero un plato de diamantes rojos como guarnición.

–De dos millones de quilates. Buena elección.

–¿Cómo lo sabes?

–La reina Isabel le regaló uno australiano a mi madre.

–¿Conoces a la reina Isabel?

–Sí.

–La reina de Inglaterra.

–La misma. Estuve estudiando dos años en Oxford.

–Como muchas otras personas, pero no conocen a la reina.

–El regalo del diamante rojo fue antes de que yo fuese a Oxford. La reina asistió a una fiesta de la realeza de Rayas en Sídney, principalmente porque varios países de la Commonwealth querían comprarnos lantano.

–¿Y cuánto lantano obtiene uno a cambio de un diamante rojo?

Raif no pudo evitar sonreír.

–No era una cosa a cambio de la otra.

–Así que tu madre consiguió un diamante rojo solo a cambio de dar a los países de la Commonwealth la oportunidad de comerciar con Rayas.

–Sí, más o menos.

Ann inclinó la cabeza.

–¿Hay algo en esta vida que no puedas tener, Raif Khouri?

«A ti».

Raif se reprendió mentalmente, pero, aun así, el ambiente se espesó entre ambos.

La mirada de Ann se suavizó y Raif tuvo la sensación de que se ruborizaba un poco. Y que separaba los labios, también un poco.

Sin pedirle permiso, su mano agarró la solapa blanca del albornoz. Su piel oscura contrastaba con la claridad de la tela. La acercó a él e inclinó la cabeza para besarla.

Ella exclamó suavemente antes de que el beso la acallase. Su sabor seguía siendo el que Raif recordaba, aunque endulzado por el champán. Había deseado tenerla en sus brazos todas las malditas noches desde que se habían besado en Rayas.

Pero Ann lo empujó y apartó los labios de los suyos.

—No, Raif.

«¡Sí!».

—Estamos solos. No pueden hacernos una fotografía —argumentó él.

—No se trata de eso.

—Entonces, ¿qué ocurre? —le preguntó, apartando a regañadientes la mano de su cintura y apoyándola en el pomo de la puerta.

—Que estamos enfrentados.

—¿Y qué?

—Me tienes secuestrada.

—Eso hace que sea todavía más sexy.

Ella le dio una palmadita en el hombro.

—No estamos en Rayas.

Raif no pudo evitar sonreír de medio lado.

—Si estuviésemos en Rayas, ya estarías en mi cama.

De hecho, llevaría varios días en su cama.

—¿Y se supone que debo darte las gracias por haberte controlado?

Por un momento, Raif se permitió ser sincero.

—Sí, Ann Richardson, porque te aseguro que me estoy controlando. Eres la mujer más encantadora, excitante e increíblemente bella que he conocido.

–Muy gracioso.

–Tal vez sea porque me rechazas –reflexionó él–. O tal vez sí que exista la maldición de la estatua, pero el caso es que te deseo, y mucho.

–Pensé que no creías en la maldición.

–Y no creía, pero solo puedo pensar en ti.

–Deja de tomarme el pelo, Raif.

–Es la verdad.

–No te gusto.

–Ni yo a ti, pero ambos sabemos que respondiste a mi beso. También estás maldita, Ann.

Ella abrió la boca, pero no dijo nada.

–Pediremos algo de comer –le sugirió Raif, decidido a comportarse como debía–. Algo caro, si es lo que quieres, pero quiero que sepas que, mientras estemos juntos, voy a seguir deseándote.

Se hizo el silencio entre ambos y el pecho de Ann subió y bajó como si estuviese respirando profundamente. Estaba sonrojada y los ojos le brillaban como dos zafiros.

Cuando por fin habló, lo hizo con voz ronca, casi en un susurro.

–Tienes suerte de tener inmunidad diplomática, porque estoy segura de que eso que acabas de decir es ilegal.

Raif se obligó a apartarse de ella.

–En Estados Unidos todo es ilegal. No sé cómo no estáis todos en la cárcel.

–Y yo no sé cómo las mujeres de tu país no te han matado mientras dormías.

Él sonrió y sacudió la cabeza.

–Tienes chispa, Ann, es una pena que no tengas también integridad.

Por primera vez desde que se conocían, Ann bajó la guardia.

–Permite que sea sincera. Es probable que te devolviera el beso, pero eso no significa que esté bien. Tal vez nos sintamos atraídos el uno por el otro, pero no es buena idea que estemos juntos.

Raif estaba de acuerdo con ella, pero en aquel caso había en juego otras fuerzas poderosas, inexorables. Odiaba admitirlo, pero estaba empezando a creer en la maldición del Corazón Dorado. Sabía que Ann era la peor elección que podía hacer, y solía ser un hombre disciplinado, pero no podía evitar desearla.

Capítulo Cuatro

Contra todo pronóstico, a la tarde siguiente Ann vio a Roark Black en un almacén frío y abandonado. Raif la había llevado a una zona industrial de Queens. En esos momentos lo tenía al lado y la estaba sujetando del brazo.

Los dos hombres habían entrado en el almacén con el coche. Raif, con un Mercedes gris oscuro y Roark, con un todoterreno negro. Este último dejó un sobre encima de un viejo y polvoriento banco que había entre ambos.

—Retrocede —le ordenó Raif.

Roark levantó las manos y dio varios pasos atrás.

Mientras Raif se acercaba a recogerlo, Ann consiguió decir:

—Roark, ¿qué estás...?

—Calla —le ordenó Raif.

—Pero...

—Que te calles.

Ann cerró la boca. Ya tendría tiempo para preguntarle a Roark por qué se había arriesgado a reunirse con ellos.

Raif se detuvo y vació el contenido del sobre.

—Es una carta de la princesa Salima —dijo Roark—, en la que dice que le regala su estatua a un guardia de la prisión de Rayas llamado Zaruri. Al parecer, este liberó al amante de Salima, Cosmo, de la prisión, y ambos huyeron juntos para ir a casarse al *Titanic*.

A Ann le interesó la historia.

–Zaruri vendió la estatua en Dubái –continuó Roark–. Supongo que tenía miedo de la maldición. Tengo los documentos que trazan el camino recorrido por la estatua desde entonces. Me los habían robado, pero los he podido recuperar.

Raif lanzó un juramento.

–¿Dónde está mi estatua? –preguntó después.

–Solo necesita esos documentos para darse cuenta de que no es su estatua –replicó Roark.

–La historia me parece muy bonita, pero es fácil falsificar estos papeles.

–También es fácil comprobar que son auténticos.

–¿Dónde está la estatua? No dejaré en libertad a Ann hasta que no la vea.

–De eso nada –respondió Roark en tono amenazador, acercándose a ellos.

A Ann se le detuvo el corazón.

–Suéltala –le ordenó Roark a Raif.

Pero este la colocó detrás de él y se puso recto.

–No creo que quieras hacer eso. Tráeme la estatua y te la entregaré.

Roark dudó un instante.

–No está aquí.

–¿Dónde está?

Roark no contestó.

Raif empezó a retroceder con Ann hacia el vehículo.

–Consíguela. Dime una hora y un lugar, y volveremos a vernos.

Roark miró a Ann a los ojos. Parecía frustrada.

–No hagas nada –dijo ella–. Y no te preocupes por mí, estaré bien.

No temía por su vida ni por su integridad física, sabía que Raif no le haría daño.

–Por favor –añadió–. Ve a por la estatua. Ya nos veremos en otro lugar.

–Eres un hijo de perra –le dijo Roark a Raif.

–Tráeme la estatua –insistió este último–. Y esto se terminará.

–Aquí –dijo Roark en tono amargo–. Mañana a las ocho en punto de la tarde.

Ann deseó poder decirle algo para tranquilizarlo, pero tenía la garganta seca y la mente se le había quedado en blanco.

Raif asintió bruscamente y esperó a que Roark recogiese los documentos, subiese a su todoterreno y se marchase.

Entonces, la soltó.

–No sé qué os pasa.

–¿A nosotros? –inquirió ella.

–Mis instrucciones eran sencillas. Traer la estatua. ¿Tan difícil es? –comentó Raif, respirando profundamente–. Traer la estatua.

–Te ha traído las pruebas –le dijo Ann.

Para ella, los documentos de autenticidad eran más importantes que la propia estatua.

—Cualquiera podría falsificar esos documentos.

—Son los originales. Podrías haberlo comprobado. Y seguro que puedes verificar la firma de la princesa Salima.

—Aquí, no.

Ann sacudió la cabeza. Discutir con Raif era como discutir con una pared. Cuando se le metía algo en la cabeza, era imposible hacerlo cambiar de opinión.

—¿Y ahora, qué? —le preguntó.

Él fue a abrir la puerta del copiloto.

—Es evidente que no vamos a volver al Plaza. Nos han podido ver salir juntos de allí, y Dios sabe qué podría contarle Roark a la policía.

—¿La verdad? —inquirió ella, subiendo al coche.

—Exacto —respondió Raif, cerrando la puerta tras ella.

Ann apoyó la cabeza en el asiento de cuero.

—¿Y si mañana se presenta con la policía? —le preguntó a Raif mientras él se sentaba frente al volante.

—Entonces, supongo que me detendrán.

—¿Y qué clase de plan es ese?

—Me voy a arriesgar. Si la estatua es robada, Roark no querrá meter a la policía en esto. Y, si tiene la estatua de la princesa Salima, que me lo demuestre y te dejaré marchar.

Raif arrancó el vehículo.

—Roark trabaja entre las sombras, Ann. Hace las cosas de manera limpia y discreta. Lo último que quiere es un circo.

–Para ti hay mucho en juego –observó ella, aunque en realidad lo comprendiese.

–Es normal, me han robado el Corazón Dorado, mi padre está muy enfermo y necesita descansar en paz. Tengo una prima que está a punto de fugarse con un británico, lo que causará protestas en las calles, tal vez una guerra. Necesito que mi país confíe en mi liderazgo. ¿Y cómo van a hacerlo si pierdo un objeto tan importante y maldigo así a la familia real?

–Pensé que no creías en la maldición –repitió Ann.

–Y no creo en ella, pero otros sí que creen. Si Kalila no cumple con su deber, mis súbditos le echarán la culpa a la maldición del Corazón Dorado.

–Ojalá pudiese ayudarte –le dijo ella con toda sinceridad.

–Pues has hecho de todo menos ayudarme desde que te conocí.

Estaban ya en la calle cuando Ann se giró hacia él.

–Piénsalo, Raif. ¿Y si no te estoy mintiendo? ¿Y si Roark no te miente? ¿Y si es una extraña coincidencia y ha sido otra persona la que ha robado la estatua?

–No creo en las coincidencias.

–Piénsalo. ¿Quién podría haber robado la estatua?

–Alguien que quisiera venderla.

–O alguien que quisiera perjudicar a tu familia. Vas a convertirte en rey. ¿Cómo funciona eso exactamente? –le preguntó, repentinamente presa de la curiosidad–. ¿Te pasas todo el día sentado en el trono, con la corona en la cabeza, y la gente va a verte y a pedirte cosas?

Raif se echó a reír y el sonido hizo que Ann se relajase.

–Más o menos –contestó él–. Sobre todo, tendré que saludar, intercambiar cumplidos y regalos, y asistir a interminables reuniones en las que los oficiales del gobierno me contarán sus proyectos y me pedirán dinero para llevarlos a cabo.

–Entonces, ¿estarás a cargo del dinero?

–Tengo contables que me ayudan.

–Pero el dinero de todo el país está bajo tu control.

–Sí.

Ann se quedó pensativa.

–¿Qué población tiene Rayas?

–Unos diez millones de habitantes.

–¿Y a qué se dedican?

–¿Aparte de hacerle reverencias a su rey, quieres decir?

–Sí, aparte de eso.

–A la minería, por supuesto, al turismo, a la agricultura –le contó–. Tenemos una floreciente industria vinícola. Y también un puerto importante, así que hay algo de navegación. Nuestro sector financiero no es tan fuerte como el de Dubái, pero sí el segundo de la región. La ciudad de Tarku, en el sur, tiene una de las mejores universidades del mundo, en la que se enseñan altas tecnologías y también medicina.

Nos parece un segmento clave de la economía nacional.

Ann se quedó momentáneamente en silencio.

–¿En serio?

–¿El qué?

–Todo. El puerto, el centro financiero, las altas tecnologías. Casi todos los edificios de la capital parecían históricos. Y pensé que era la única ciudad importante del país.

–¿Te imaginabas que éramos nómadas y que hacíamos carreras de camellos en el desierto?

–Bueno…

–Es posible tener una estructura social tradicional y una economía moderna.

–No es habitual.

–Es más normal de lo que piensas. Aunque tengo que admitir que mi padre se enorgullece de que su país tenga lo mejor de ambos mundos –dijo Raif mientras se detenía en un semáforo.

Ann no pudo resistirse.

–¿Y cómo es eso para las mujeres?

Él la miró de reojo, pero no respondió.

–¿Para esas mujeres que no tuvieron elección y tuvieron que acostarse contigo? –insistió ella.

–Yo no obligo a nadie a acostarse conmigo.

–Por supuesto que no. Todas esas concubinas están de acuerdo. Venga ya, Raif. Saben que no pueden rechazarte.

Él se rio.

–No sé qué te estás imaginando, Ann. O tal vez sí, pero te aseguro que no tengo concubinas.

Salgo con mujeres. Igual que tú. En ocasiones me presentan a alguien que me interesa y a la que yo intereso y pasamos tiempo juntos.

–Y os acostáis juntos.

–¿Tú no te acuestas con los hombres con los que sales? –le preguntó él, arrancando de nuevo.

–No con todos –dijo ella–. Y nunca en la primera cita.

–Pero ¿has tenido relaciones?

–No soy virgen, si es eso lo que estás preguntando.

–Yo tampoco.

Ann puso los ojos en blanco.

–No me digas.

–Lo que quiero decir es que en Rayas funciona igual que en Estados Unidos. La gente tiene citas, algunas terminan en relaciones sexuales y otras, no.

–¿Y no hay estigmas sociales? –insistió ella, incapaz de creer que Raif le estuviese contando toda la verdad.

Él parecía concentrado en un giro a la izquierda.

–¿Raif?

–¿Umm?

–¿Te casarías con una mujer que no fuese virgen?

–No.

–Pero no hay ningún estigma social –dijo ella en tono burlón.

–Se espera que la futura reina tenga un determinado comportamiento.

–Pero el futuro rey, no.

Raif contuvo una mueca.

–El futuro rey es discreto.

–Me compadezco de la futura reina.

–Eh, tendrá palacios, joyas, criados y a mí. Yo creo que, a cambio, que sea virgen no es tanto pedir.

–¿Y tienes ya a alguien en mente? –siguió preguntando Ann.

Raif negó con la cabeza.

–Todavía no.

–Estaba pensando que a lo mejor quieres enclaustrarla pronto.

–A lo mejor enclaustro a una docena, para poder elegir mejor.

Ann fingió pensarlo.

–Supongo que no querrás que salgan de sus casas, o de sus palacios. ¿Tienes que casarte con alguien de la realeza?

–Es preferible.

–Supongo que será más fácil salvaguardar la castidad de alguien que tenga un equipo de seguridad.

–Te veo un poco obsesionada con el tema –comentó Raif.

–Me parece que no es justo.

–No estoy diciendo que las mujeres solteras no puedan tener una vida sexual.

–Solo estás diciendo que no te casarías con una que la haya tenido.

Él la miró fijamente.

–Es porque voy a ser rey.

–¿Y si no fueses a ser rey?

La intensidad de la mirada de Raif aumentó.

–Me casaría con quien quisiera.

–¿Fuese virgen o no?

–Sí, fuese virgen o no, de la realeza o no, de Rayas o no, pero tengo obligaciones, Ann.

–¿Y qué pasa con Kalila?

–También tiene obligaciones.

–¿Piensas que es virgen?

–Si no lo es, será mejor que a ese británico no se le ocurra poner nunca un pie en Rayas.

Ann no pudo evitar sonreír.

–Eres un hipócrita.

–No.

–¿Te acostarías conmigo?

Raif se giró para mirarla.

–Sin dudarlo.

–¿Pero no me respetarías a la mañana siguiente? –continuó Ann.

–¿Qué más te da?

Ann vio algo rojo por el rabillo del ojo.

–¡Raif, cuidado!

Él volvió a mirar la carretera y pudo esquivar un Corvette rojo. Luego detuvo el coche a un lado de la carretera.

Ann había sentido miedo, pero, sobre todo, se había excitado. Si Raif volvía a mirarla de aquella manera, sería capaz de lanzarse a sus brazos. Estaba segura de que las mujeres que se habían acostado con él en el pasado lo habían hecho por voluntad propia.

–¿Adónde vamos? –le preguntó, decidiendo que era mejor que cambiasen de conversación.

—A Long Island.

—¿Qué hay en Long Island?

—Mi primo Tariq.

—¿Tu primo vive en Long Island?

—Está de alquiler… Maldita sea.

Mientras Raif juraba, Ann oyó una sirena y vio unas luces azules y rojas a sus espaldas.

Lo primero que pensó fue que les iban a poner una multa de tráfico, pero entonces se dio cuenta de que estaba salvada. Solo tenía que hablar con el agente para volver a ser libre.

Raif detuvo el coche y dejó las manos en el volante. Luego se giró hacia ella, su expresión era de resignación. Y Ann tuvo que hacer un esfuerzo para no sonreír.

Un agente vestido de uniforme tocó en el cristal de Raif, que bajó la ventanilla.

—Buenas tardes, señor —dijo el agente.

—Buenas tardes —respondió él.

—Ha dado un volantazo hace un momento.

—Lo he hecho para evitar chocar con el Corvette rojo.

—Yo no he visto ningún Corvette rojo.

Raif no respondió.

—¿Me permite su carnet de conducir?

Raif buscó en su bolsillo del pecho y sacó la cartera para enseñárselo.

El agente lo miró.

—Veo que no tiene permiso para conducir en el estado de Nueva York.

Raif se giró para mirar de frente al agente.

–Tengo un carnet internacional –le dijo, dándole el pasaporte.

Pasaron unos segundos más.

–¿Rayas? –preguntó el agente.

–Sí.

–¿Eso está en África?

–Cerca de Dubái.

El agente retrocedió un paso.

–¿Puede salir del coche, por favor?

–Por supuesto –dijo Raif, volviendo a mirar a Ann antes de decirle–. Adiós, Ann.

–Adiós, Raif.

Un golpe en el cristal la sobresaltó. Se giró y vio a otro agente. El pecho se le encogió. Ya estaba. Iba a empezar a hablar y se llevarían a Raif esposado.

Tardó un minuto en encontrar el botón para bajar la ventanilla, pero lo hizo.

–Señora –la saludó el agente, que era alto y delgado, pero de hombros anchos.

–Hola, agente –respondió ella.

–¿Usted también es de Rayas?

Ann negó con la cabeza y se preguntó si debía decirle directamente que estaba secuestrada.

–¿Ese hombre es amigo suyo?

Ella volvió a negar.

«Díselo, díselo», le dijo una vocecilla en su interior.

–Tenemos intereses comerciales en común –fue lo que le salió.

El agente la miró con suspicacia.

–¿Y qué intereses son esos?

–Subastas –dijo Ann.

¿Qué estaba haciendo? ¿Por qué no delataba a Raif?

Sin saber por qué, recordó lo que él le había dicho, de que Roark quería hacer las cosas de manera limpia y discreta.

Notó frío por todo el cuerpo y después, calor.

–Trabajo para una casa de subastas y el príncipe Raif…

–¿Príncipe?

–Sí.

–Eh, Amseth –le dijo el agente a su compañero–. Creo que tenemos un príncipe.

Ann no oyó la respuesta del otro hombre.

El agente que estaba a su lado volvió a mirarla.

–¿Me puede enseñar su identificación?

Ella dudó un instante. Tal vez alguien hubiese denunciado su desaparición. Darby, o alguien de Waverly's, podía haberse preocupado.

Pero no tenía elección, así que sacó su cartera y le enseñó al policía el carnet de conducir.

–Espere un momento, señora –le dijo este alejándose.

Ann miró por encima de su hombro izquierdo y vio que Raif seguía hablando con el primer policía.

El otro volvió a acercarse y le devolvió el carnet.

–Gracias, señorita Richardson.

–De nada –respondió ella automáticamente.

Volvió a meter el documento en la cartera mientras se debatía entre decirle al policía que estaba secuestrada o guardar silencio. Se dijo que era tonta, o que estaba loca.

—Que tenga un buen día, señora —terminó el policía, dándose la vuelta para marcharse.

Unos segundos después, Raif volvía a entrar en el coche. Tenía la mandíbula apretada. Arrancó el motor, miró por el espejo retrovisor y puso el coche en marcha.

Guardaron silencio durante varios minutos.

—Para futuros casos —dijo él de repente, con voz enfadada—, si vuelve a ocurrir algo parecido, les dices a los policías que estás secuestrada. ¿Se puede saber qué te pasa, Ann Richardson?

—No lo sé —admitió ella en voz baja.

—¿Por qué no me has delatado? —le preguntó Raif.

—No estoy segura. Anoche no te aprovechaste de mí. Y supongo que he decidido confiar en Roark.

Raif la miró.

—Mira la carretera —le recordó ella.

Él volvió a clavar la vista en el tráfico y poco después se detuvo en un semáforo en rojo.

—No tiene sentido.

—Dijiste que Roark querría hacer esto con discreción —intentó argumentar Ann—. Yo sé que la estatua que tiene no es la robada, y voy a dejar que sea él quien solucione esto a su manera. Si quiere llamar a la policía, que la llame él.

Raif no supo qué responder.

Las paredes de la casa que Tariq tenía alqui-
lada eran prácticamente todas de cristal. La casa
estaba situada en un risco. El salón era rectangular y tenía vistas al mar por un lado, y a un patio
con piscina por el otro. La piscina estaba vacía y
los muebles del patio, tapados con fundas cubiertas de nieve.

Raif cerró la puerta después de que Ann entrase y observó cómo esta miraba a su alrededor.
Por el ventanal que había detrás de ella se veía el
mar agitado. El sol se estaba poniendo detrás
del horizonte de Manhattan, casi ni se le veía
brillar entre las nubes grises.

–¿Qué ha pasado? –preguntó Tariq, atrave-
sando la cocina–. ¿Qué está haciendo ella aquí?

–Ha habido un cambio de planes –le dijo
Raif–. Hemos estado con Roark, pero no ha traído la estatua.

–Eso no explica que ella esté aquí –insistió
Tariq.

–Me ha secuestrado –intervino Ann.

Raif no pudo negarlo.

–¿Ese era tu plan? –preguntó Tariq con incredulidad–. ¿Secuestrar a Ann Richardson?

–Intenté mantenerte ajeno a esto –le contestó Raif a su primo.

–¿Llevas con él desde anoche? –le preguntó
Tariq a Ann.

–Sí, me tuvo encerrada en la suite del hotel,

74

me quitó mi teléfono móvil y desconectó los demás.

–¿Conoces las leyes de Estados Unidos? –le dijo Tariq a Raif–. Porque, si no, te puedo informar yo. Tuve que estudiarlas para convertirme en abogado.

–Tiene inmunidad diplomática –comentó Ann.

–Eso no le da derecho a secuestrar a nadie –dijo Tariq.

–Ann está aquí… por voluntad propia –añadió Raif.

–Eso es mucho decir –replicó Ann.

Tariq se acercó a una pared y encendió las luces.

–¿Y cuál es tu nuevo plan? ¿Tengo que llamar a un helicóptero para que huyamos de aquí?

–Roark me ha dicho que me traerá la estatua mañana.

–¿Y tú lo has creído?

Raif miró a Ann.

–Creo que quiere que deje a Ann libre. Y sé que no le interesa implicar a la policía en esto.

–Si llama a la policía, te deportarán –le advirtió Tariq.

–Pero me dejarán volver a entrar –replicó Raif.

–Tal vez a ti sí, a mí me echarán para siempre, y me quitarán la licencia de abogado.

Ann miró a Tariq.

–¿Tienes permiso para ejercer en Estados Unidos?

–Me licencié en Harvard.

–¿Y no puedes hacer entrar en razón a este tipo?

Tariq sonrió.

–Nadie puede hacer entrar en razón a este tipo.

Ella asintió.

–Y mira que lo he intentado.

–No sé si os acordáis de que estoy aquí –comentó Raif.

–Tú eres la causa de todo esto –lo acusó Ann.

–No, tú eres la causa de todo esto –replicó él.

–Yo solo he hecho mi trabajo, he vivido mi vida con normalidad.

–¿Y qué piensas que hacía yo?

–En tu vida no hay nada que sea normal.

Tariq se echó a reír.

–Ten cuidado –le advirtió Raif.

–Mis disculpas, Alteza.

Ann miró a un hombre y después al otro.

–Es una broma, ¿no? ¿O de verdad lo llamas así?

–Sí –le confirmó Tariq.

–Es mi título –dijo Raif.

–En Rayas –le contó Tariq–, sus súbditos inclinan la cabeza en su presencia y esperan a que el príncipe les hable.

–Eso es ridículo –comentó Ann.

Tariq negó con la cabeza.

–Es el protocolo.

Ann miró a Raif con los ojos entrecerrados.

–Pues supongo que yo he roto el protocolo.

–No tengo dedos suficientes para contar las veces –le dijo Raif.

Si hubiesen estado en Rayas, habría tenido que castigarla. A pesar de ser mucho menos formal que su padre, Rayas tenía una monarquía absoluta y el respeto a la jerarquía real era vital para el buen orden del país.

–Permita que me disculpe, Alteza –le dijo ella, inclinándose.

–No sirve hacerlo de broma –le dijo él.

Ann sonrió.

–Creo que no soy capaz de hacerlo en serio.

–Estaba pensando pedir una pizza –los interrumpió Tariq.

–Me parece bien –le dijo Raif, que tenía hambre–. ¿Hay cervezas en la nevera?

–Te traeré una –contestó Tariq, yendo hacia la cocina.

–Esto es surrealista –comentó Ann.

Raif se encogió de hombros.

–Mañana vamos a necesitar las fuerzas.

Capítulo Cinco

Descalza y vestida con la combinación de color marfil, Ann pasó al lado de las cajas de pizza vacías varias horas después. Eran las dos de la madrugada cuando se le había ocurrido que tenía que haber teléfono en la casa. No lo había en su dormitorio ni en el salón, pero lo encontró en la cocina.

Tomó el auricular inalámbrico y llamó a su propia casa, donde no había ningún mensaje. Le pareció extraño. Había imaginado que alguien del trabajo habría intentado contactar con ella. Después, marcó el número de Darby.

La casa estaba a oscuras, pero el resplandor de Manhattan se reflejaba en el agua y entraba por los ventanales. Ann imaginó que su amiga estaría durmiendo.

—¿Dígame? —preguntó una voz somnolienta.

—¿Darby? Soy Ann.

—¿Eh? ¿Qué? ¿Ann? ¿Dónde estás?

—En Long Island.

—¿En Long Island? ¿Y qué haces ahí? ¿Estás bien?

—Estoy bien —le respondió ella—. Es una historia muy larga, pero ¿me ha echado alguien de menos?

—¿Cuánto tiempo llevas fuera?

–Desde anoche.

–Ah, lo siento, no me había dado cuenta, pero te habría echado de menos si lo hubiese sabido.

–¿Y de Waverly's? ¿No ha preguntado nadie por mí? ¿Tal vez Edwina?

–No me ha llamado nadie. Y no he visto a Edwina. ¿Por qué?

–No he estado en casa desde el viernes.

–Ah, eso es que estás con un hombre.

–No, no estoy con ningún hombre.

Bueno, sí que estaba con un hombre, pero no como Darby imaginaba.

–No fui a la subasta del viernes –le explicó Ann.

–¿Faltaste al trabajo?

–Sí.

Pensándolo bien, Ann supuso que era posible que nadie se hubiese percatado de su ausencia, ya que no siempre estaba en la sede de Waverly's.

Oyó un ruido al otro lado del teléfono.

–Me he puesto cómoda –le contó Darby–. Continúa.

–Ha aparecido Roark.

–Eso es estupendo.

–Es complicado, pero solo quería que supieras que estoy bien –le dijo–. No puedo hablar mucho más.

–Ahora no me vas a colgar, Ann. Son las dos de la madrugada y estoy completamente despierta.

–Estoy con Raif –admitió Ann.

—¿El príncipe?

—Sí.

—¿Estás pasando el fin de semana con el neandertal que piensa que le has robado la estatua?

—No estoy pasando el fin de semana con él.

—Has dicho que no has pasado por casa desde el viernes.

—Está bien, supongo que podría decirse que estoy pasando el fin de semana con él, pero no en la cama.

—¿Estás segura?

—Sí, estoy segura.

Hubo un silencio a ambos lados de la línea.

—¿Ann?

—¿Qué?

—Te has quedado pensativa. No te lo estarías imaginando desnudo, ¿verdad?

—No, no me lo estaba imaginando desnudo. Me ha secuestrado.

—Espera un momento. Rebobina. ¿Estás en peligro?

—No.

—¿Seguro? Deberíamos tener un código secreto o algo así.

—No te preocupes, estoy bien. Solo quiere que Roark le traiga la estatua.

—¿Quieres que llame a la policía? —le preguntó Darby.

—No, pienso que será mejor para todos que no lo hagas.

—¿Estás segura?

—Sí, estoy segura. Todo va a ir bien. Roark dice

que tiene la estatua. Cuando Raif vea que no es la que le han robado a él, volverá a casa y esto se habrá terminado. Sinceramente, si Raif quisiera hacerme daño, ya me lo habría hecho anoche.

–¿Te tapó los ojos? –preguntó Darby nerviosa–. ¿Te metió en el maletero del coche? ¿Te ató a una silla? No, espera, a la cama. ¿Te ató a la cama?

–No, no me ató a la cama. Aunque se comportó…

De repente, Ann vio a Raif apoyado en el marco de la puerta, con los brazos cruzados.

–… como un idiota –terminó.

Raif arqueó las cejas.

–Tengo que colgar –le dijo Ann a Darby.

–Ahora que se estaba poniendo interesante la cosa –protestó Darby.

–Te llamaré mañana. Estoy bien. No te preocupes.

–No estoy preocupada, pero tengo curiosidad.

–Adiós –le dijo Ann antes de colgar el teléfono. Luego fulminó a Raif con la mirada–. ¿Cuánto tiempo llevas escuchando?

–El suficiente –respondió él.

Ann intentó recordar lo que le había contado a su amiga.

–¿El suficiente para qué? –inquirió.

–Para saber que no me has imaginado desnudo.

Ann notó calor en las mejillas.

Él la recorrió con la mirada.

–Ojalá yo pudiese decir lo mismo.

Ann no pudo evitar sentir deseo al oír aquello. Nerviosa, dijo lo primero que se le pasó por la mente.

—¿No deberías estar durmiendo?

—Te he oído.

—¿Y?

—He pensado que intentarías salir a por un taxi.

—Pues no.

—Ya lo veo.

Raif se apartó de la puerta y se acercó a ella lentamente, como un depredador. A Ann se le aceleró el pulso.

—Has tenido la oportunidad de salvarte y no lo has hecho.

Ann notó calor entre las piernas.

—Confío en Roark.

—¿Y en mí?

—No.

—¿Me tienes miedo?

—No.

La ponía nerviosa, la excitaba, pero no la asustaba.

Raif se detuvo justo delante de ella.

—Pues deberías.

—¿Porque tienes inmunidad diplomática?

—En parte.

—¿Y por qué más?

—Porque voy a besarte —le respondió él—. Y te va a gustar.

—No —contestó ella, tragando saliva.

—Ya te está gustando.

Ann negó con la cabeza.

Él sonrió.

–Tienes los labios entreabiertos.

–Tengo sueño –replicó ella.

–Tienes las pupilas dilatadas.

–Está oscuro.

–Tienes los pezones endurecidos.

Ella se negó a bajar la vista.

–Tengo frío.

–Me gustas cuando tienes frío, y cuando tienes sueño. Y me gustas en la oscuridad.

–Raif…

Él le puso el dedo índice en los labios. El contacto fue electrizante. Una oleada de deseo recorrió el cuerpo de Ann.

Raif pasó el dedo por su mejilla y luego tomó su rostro con la mano. Ann supo que debía apartarlo y decirle que parase, debía irse a su habitación, pero no podía moverse de donde estaba.

–No voy a atarte a mi cama –susurró Raif, inclinándose.

Ella no encontró respuesta a aquellas palabras. Luchó contra su propia reacción, buscó en su cerebro una manera de aplacar la pasión. Sucumbir a Raif era muy mala idea.

–Pero nuestra situación ha cambiado. Puedes quedarte, irte o decirme que me pierda. Ya no te tengo secuestrada. Mañana a estas horas volveré a estar en Rayas, con mi estatua y…

–Se la quedarán como prueba –dijo ella.

Raif se apartó.

–¿Qué has dicho?

–Que se la quedarán como prueba. La estatua. No dejarán que te la lleves.

Ann no supo por qué había dicho eso.

–Entonces ¿admites que es robada?

–Supongo que estoy pensando a largo plazo. Es como cuando me preocupa caerme de un edificio alto, o que me fulmine un rayo... Me ocurre cuando estoy contigo.

Él sacudió la cabeza, pero sus ojos se oscurecieron y enterró la mano en su pelo.

–A mí me acaba de fulminar un rayo.

Ann no se resistió, y los labios de Raif se inclinaron a tocar los suyos.

Cada vez que besaba a Ann, Raif tenía que hacer un esfuerzo por no arrancarle la ropa. El sabor de sus labios y el olor de su piel lo aturdían y solo podía pensar en hacerla suya. Intentó ir despacio, sobre todo, después de que ella le hubiese dicho que sus anteriores amantes podían haber fingido por el hecho de que fuese el príncipe. No quería cometer ningún error con Ann.

Por el momento, ella estaba respondiendo apasionadamente a su beso. Separó los labios y él metió la lengua dentro de su boca. Apoyó el cuerpo contra el de él y sus suaves pechos, cubiertos solo por una fina capa de satén, se apretaron contra el de Raif.

La abrazó por la cintura, le acarició el vientre, pasó al trasero y después a los muslos. La fina tela se escurrió entre sus dedos y eso lo excité todavía más. La besó con más fuerza, más profundamente, perdiendo la batalla del control. Colocó una pierna entre sus muslos y la agarró por el trasero, después metió la mano por debajo de la combinación y acarició la suave piel de sus muslos.

Gimió su nombre y ella lo abrazó por el cuello y enredó los dedos en su pelo corto.

Raif la tomó en brazos y rompió el beso para mirarla a los ojos azules. No supo qué estaba buscando en ellos, pero no lo encontró. Sus largas pestañas oscuras se lo impidieron y, cuando Ann volvió a levantarlas, solo había pasión en ellos.

No obstante, Raif prefería no dar nada por hecho.

—¿Me estás diciendo que sí?

Ella dudó un instante y él se maldijo por haber preguntado.

—Sí —respondió entonces Ann.

Él se giró bruscamente hacia su dormitorio y en un par de zancadas estuvieron dentro. Raif cerró la puerta de una patada, aislándolos del mundo. La dejó a los pies de la cama con dosel, pero no se separó de ella. La luz del jardín se filtraba a través de las cortinas. La luna y las estrellas brillaban en el cielo.

Raif le acarició la barbilla, la mejilla, los labios, se maravilló de la delicadeza de su piel, la suavidad de su pelo, la increíble claridad de sus ojos.

—Eres preciosa —susurró admirado.

Cuanto más la conocía, más bella le parecía.

—Y tú.

Raif no pudo evitar reírse ante la absurdidad de su respuesta, pero volvió a callar al notar la mano de Ann acariciando con cautela su pecho desnudo.

Entonces dejó de pensar. Cerró los ojos y disfrutó de la caricia. Nunca se había sentido igual. Le pareció magia. Si aquello era la maldición, que cayese sobre él.

Ann bajó con la mano por su vientre y él volvió a meter la suya por debajo de la combinación para acariciarla entre las piernas.

Ella fue tocándolo cada vez con más seguridad y él agarró la fina prenda para quitársela por la cabeza y dejar desnudo su cuerpo pálido, sus pezones rosados, su ombligo.

–Increíble –murmuró, alargando la mano para tocarla. Podría haberse quedado mirándola eternamente.

Pero Ann apoyó las manos en su pecho y se acercó más para besarlo, y una sensación increíble reemplazó a la otra. Él le acarició la espalda y el trasero, la levantó, separando sus piernas, y apretó la erección contra el centro de su cuerpo.

Cuando Raif interrumpió el beso, Ann respiró con dificultad.

Él le acarició un pecho y notó cómo el pezón se endurecía bajo su palma. Lo rozó con el pulgar y Ann gimió.

–¿Te gusta? –le preguntó.

Ella apretó los muslos y lo besó apasionadamente. Y Raif supo que, si la abrazaba más, solo un poco más, sus cuerpos podrían ser uno.

En vez de eso, se sentó en la cama con Ann en su regazo, mirándolo. Y ambos empezaron a acariciarse. Raif no tardó en estar desnudo también. Se tumbaron y Ann lo besó en el cuello, en el hombro, en el pecho y en el vientre, bajando por su cuerpo, probando cada centímetro y memorizando, al mismo tiempo, cada caricia que la hacía gemir.

Entonces, Raif la tumbó boca arriba, la besó y se puso un preservativo.

—¿Estás bien? —preguntó.

Y ella asintió, le brillaban los ojos.

Raif se apoyó en los codos y la penetró muy despacio, sin apartar la mirada de la suya, sintiendo el calor y la humedad de su cuerpo. Apretó los dientes y enterró el rostro en su cuello, inhalando el aroma de su pelo. Las largas piernas de Ann lo abrazaron por la cintura.

Él empezó a moverse más deprisa, y buscó su boca mientras con una mano le acariciaba un pecho. Ann se aferró a sus hombros y le clavó las uñas.

Y Raif se olvidó de Rayas y de Estados Unidos, de la estatua, del robo, de todo, menos de Ann, su sabor, su olor, sus gemidos.

Tuvo delante el paraíso, pero se contuvo hasta que la oyó gritar su nombre y notó cómo su cuerpo se sacudía. Entonces se dejó llevar por el placer y gimió su nombre una y otra vez.

La sensación se fue calmando poco a poco, los músculos de Raif fueron perdiendo la tensión, sus pulmones volvieron a funcionar.

Ann tenía los ojos cerrados y el cuerpo relajado, y él se quedó encima de ella, apartándole los mechones rubios del rostro.

Ella abrió los ojos por fin, parecía aturdida. Entonces sonrió y sus ojos brillaron. Y Raif sintió una paz maravillosa.

La besó en los labios.

—¿Te ha gustado? —le preguntó.

—Si te digo que no, ¿me encerrarás en un calabozo?

Él se puso serio.

—Jamás haría eso.

—Era una broma, Raif.

—Ya lo sé.

Ambos guardaron silencio.

—Me ha encantado.

Él sonrió y le dio un beso rápido.

—Lo sabía.

—No te pongas engreído otra vez.

—¿Quién, yo?

Ann le dio una palmada en el hombro y él se tumbó de lado, acurrucándose contra su cuerpo.

Cuando estuvieron relajados, Raif hizo una pregunta que lo intrigaba.

—¿Con quién hablabas por teléfono?

—Con mi amiga Darby —le respondió ella—. Al parecer, nadie se ha percatado de mi ausencia. Espera, a lo mejor no debería contártelo.

—Puedes marcharte cuando quieras —le dijo él.

—¿Raif? ¿Y si no es tu estatua?

—Es mi estatua.

Ann abrió la boca, pero él le puso un dedo en los labios para que no hablase.

—Escojamos un tema por el que no vayamos a discutir.

Ella cerró la boca y se quedó pensativa.

—Darby y yo estamos pensando en ir a Las Vegas —dijo por fin.

—¿Has estado ya?

—No.

—En la costa de Rayas hay un complejo turístico que tiene casino —le contó él.

—¿Y alcohol?

—Claro. La gente no apuesta si está sobria.

—Pensé que era ilegal beber alcohol en Rayas.

—No hay mucho consumo, pero no es ilegal. Y los hoteles a los que suelen ir los europeos tienen ambiente internacional. Tal vez te gustase más que Las Vegas.

Cuando se dio cuenta de lo que había dicho, cerró la boca. ¿Había invitado a Ann a ir a Rayas?

—¿Tú crees?

—Es un lugar muy bonito.

—¿Tú vas allí de vacaciones?

Raif los tapó a ambos con la colcha.

—He ido un par de veces —respondió—. Mi familia tiene una isla privada en la costa de Grecia. Y también nos gusta Mónaco y Estambul.

—¿También tenéis islas privadas allí?

—No, solo fincas.

—Cualquiera diría que no tiene ninguna importancia tener una finca en Estambul.

—¿Quieres que me disculpe por tener dinero?

–No.

–Entonces, ¿por qué tanta soberbia?

–¿Piensa que soy soberbia, Alteza?

–Pienso que eres una esnob por dar por hecho que la gente rica es diferente.

–Estudié con gente rica y te aseguro que es diferente.

Raif sintió curiosidad.

–¿A qué colegio fuiste?

–A un colegio privado de Hampton Heights, en Washington D.C. Mis padres eran profesores allí.

–¿Y tus compañeros no te aceptaron? –preguntó Raif.

–Ellos procedían de familias ricas de toda la vida y yo no –fue su respuesta.

–Lo siento –le dijo él con toda sinceridad–. Sé lo que es ser diferente.

–¿Pobre niño rico?

–Se burlaban de mí y me ignoraban, pero después, en Inglaterra, estuve mejor. Fue agradable poder vivir en el anonimato.

–Sí, a mí también me gustaría en estos momentos –comentó Ann.

Él le acarició el pelo.

–Para que lo sepas, yo no hablo nunca con la prensa.

Ella le tocó el hombro con los labios y contestó:

–Da igual. Si no tienen noticias, las inventan.

–Nadie sabe que estás conmigo.

–Salvo que alguien del Plaza lo haya contado.

–Jordan escogió ese hotel por su discreción.

–Se puede comprar a casi todo el mundo.

Raif sonrió.

—Lo negaremos todo.

—Quieres decir que mentiremos.

—Claro, ¿por qué no? Ya lo has hecho antes.

—Solo contigo.

—¿Me estás diciendo que soy el primero? —bromeó él—. Me siento honrado.

—Tenía la esperanza de que fueses el último —le dijo ella.

Y Raif no pudo evitar que se le encogiese el pecho. Sabía que no podía ser su último amante, pero no soportó la idea de imaginársela en brazos de otro hombre. Era suya.

La abrazó y le dio un beso en la frente, después en la oreja, en el cuello, y la volvió a besar en los labios. Sabía que era una tontería, pero quería borrar de su memoria a todos los hombres con los que había estado antes de él.

A la noche siguiente, cuando se reunieron con Roark, Ann se dio cuenta de que aquellos iban a ser los últimos minutos que iba a pasar con Raif.

Habían vuelto a verse en el almacén abandonado y Roark estaba marcando el número secreto de una caja fuerte que había sacado con mucho esfuerzo de su todoterreno para ponerla encima de una mesa.

La caja se abrió. Raif y Tariq se quedaron inmóviles, y Ann miró maravillada la estatua que había dentro.

Roark se puso unos guantes y la sacó sujetándola de la base de oro puro para dejarla encima de un paño negro que había colocado sobre la mesa.

Por un momento, todo el mundo se quedó en silencio, observándola.

Ann se movió de un lado a otro y preguntó:

—¿Cómo es posible que parezca que cambia de expresión?

Los tres hombres la miraron.

—A mí no me lo parece —contestó Roark.

—Yo siempre he pensado que su expresión era de resignación —intervino Tariq.

—De paciencia —dijo Raif.

—¿No ves cómo cambia de expresión? —le preguntó Ann.

—Es una estatua —respondió él.

—No puedo creer que no lo veáis —insistió ella, moviéndose de nuevo.

Rozó el brazo de Raif y la expresión de la mujer se volvió serena.

—Necesito ver la parte inferior de la base —pidió Raif.

Roark asintió y tumbó la estatua con cuidado.

Raif se agachó y sacó una lupa para examinar la base de la estatua. Todo el mundo guardó silencio.

De repente, Raif se incorporó con el ceño fruncido y se dirigió a Tariq en su lengua materna.

—No es posible —comentó este.

—Míralo tú mismo —le dijo Raif, dándole la lupa.

—¿Qué pasa? —preguntó Ann.

Y Raif la fulminó con la mirada.

Ella se preguntó qué había hecho. No había hecho nada.

Tariq se inclinó también y examinó la base.

—Qué hijo de perra —espetó, incorporándose y dándole la lupa a su primo.

—¿Decepcionados? —se atrevió a preguntar Roark.

—Sorprendido —le respondió Raif—. Deja que vuelva a ver esa documentación.

—Por supuesto —respondió Roark, quitándose los guantes y volviendo al coche.

Raif extendió los documentos en la mesa. Todos estaban cubiertos por una funda de plástico.

—Es cierto, la princesa Salima utilizó la estatua para sobornar al guardia de la cárcel —le dijo Raif a Tariq—. Jamás subió al *Titanic*.

—Salima debía de amar a Cosmo Salvatore —comentó Tariq.

—El amor no debe anteponerse jamás al deber. ¿En qué estaba pensando Salima? ¿En qué está pensando Kalila? —dijo Raif—. ¿Tienen idea de los problemas que causan?

Capítulo Seis

Al día siguiente, Ann fue recibida en Waverly's como una heroína. Nadie se había enterado del secuestro, pero sí de que Roark y Ann habían confirmado la autenticidad de la estatua del Corazón Dorado y de que Raif Khouri se había quedado satisfecho. La prensa online ya estaba dando la noticia.

A las cuatro de esa tarde, Ann abrió un par de botellas de champán para celebrarlo con algunos compañeros, entre ellos, Edwina, que había pasado los últimos días en Florida con unas amigas de la universidad, lo que explicaba que no la hubiese echado de menos.

Ann repartió las copas e hizo un brindis:

–Por el Corazón Dorado. Y por Roark.

–Y por ti, Ann –dijo Edwina, guiñándole un ojo–. No has dejado que esos cretinos ganasen.

–Teníamos la verdad y la justicia de nuestra parte –comentó ella.

–Aunque eso no siempre sea de gran ayuda –añadió Edwina.

Y todo el mundo se echó a reír y bebió el champán.

El teléfono de Ann sonó en su despacho y tuvo que ir a atender la llamada.

–¿Señorita Richardson? Soy la agente Heidi Shaw, de la Interpol. Quería decirle que he hablado con Raif Khouri esta mañana y, al parecer, tenía usted razón acerca de la estatua.

–¿Me llama para disculparse? –le preguntó Ann.

–No. Bueno, sí. Debo admitir que estaba equivocada. Y lo siento, pero la llamo por algo que dijo durante el interrogatorio.

–¿El qué?

–Que si quería resolver el caso, no me centrase en Roark ni en usted. Lo cierto es que he estado pensándolo y haciendo algunas averiguaciones, y quería que me confirmase que no tuvo una aventura con Dalton Rothschild.

–No la tuve.

–Pues si eso es verdad…

–Le aseguro que lo es.

Heidi guardó silencio un instante.

–No tiene la obligación de responderme, pero me gustaría saber si se negó a mantener relaciones sexuales con Dalton, si lo rechazó.

Ann dudó un instante antes de responder.

–Sí –admitió–. Éramos amigos, pero él quiso algo más. Y, cuando le dije que no, se enfadó.

–¿Y piensa que le gustaba de verdad, o que intentó llevársela a la cama para manipularla después? –volvió a preguntar Heidi.

–Pienso que le gustaba –respondió Ann con toda sinceridad–. Tenemos muchas cosas en común, pero para mí era solo un amigo.

–Entiendo –comentó Heidi–. Solo una pregunta indiscreta más.

—Adelante.

—¿Cómo se sentiría si supiese que la han engañado?

—Como una idiota. Pero no acabo de entenderlo. ¿Quiere decir que es posible que hayan sido imaginaciones mías que Dalton se sentía atraído por mí?

—Es posible.

—Tengo que admitir que no me gusta nada hablar con usted, agente.

—Ya lo sé.

—¿Y qué va a pasar ahora? —quiso saber Ann.

—Para la Interpol, el caso está cerrado. La estatua que Waverly's va a subastar no es robada y tanto la empresa como Roark y usted están limpios.

Ann se relajó y miró su copa vacía de champán deseando que quedase algo.

—Pero, si yo fuese usted, me preguntaría si Dalton decidió hacer daño a Waverly's porque lo rechazó, o si atacar a Waverly's era su plan desde el principio.

Ann prefirió no darle más vueltas al tema.

—En cualquier caso, se ha terminado —comentó.

—Caso cerrado —añadió Heidi.

—Bueno, gracias por la llamada.

—Gracias por la información.

—Ha sido un placer ayudarla —terminó ella, aunque la llamada le había estropeado el día.

Colgó y salió de su despacho para descubrir que todo el mundo se había marchado y solo quedaba Kendra, su secretaria, que estaba delante de la fotocopiadora.

–¿No quieres champán? –le preguntó Ann.

Kendra se pasó una mano por el rostro.

–No.

–¿Kendra? –dijo ella, acercándose y viendo que tenía los ojos enrojecidos–. ¿Qué ocurre?

Su secretaria sacudió la cabeza.

–Estoy bien –respondió.

–Ya se ha terminado todo. Vamos a volver a la normalidad –le dijo Ann.

Kendra asintió, pero era evidente que no estaba bien.

–No tienes que contármelo –le dijo Ann–, pero si puedo ayudarte en algo…

–No me pasa nada –insistió ella, limpiándose el rostro.

–Pues cualquiera lo diría –comentó Ann.

–Es mi hermana, Roxanne –admitió Kendra por fin.

–¿Está enferma?

Kendra dudó antes de asentir.

–Oh, cielo –la consoló Ann, abrazándola–. ¿Es grave? ¿Quieres tomarte unos días libres?

–No. Gracias, pero ya está mejor. Y tiene… amigos que están con ella. Yo prefiero estar distraída con el trabajo.

–De acuerdo, pero mantenme informada –le pidió Ann–. Y tómate al menos el resto del día libre. Todo el mundo se ha marchado ya.

–Está bien –respondió Kendra–. Terminaré esto mañana por la mañana.

–Bien –dijo Ann, viendo que su secretaria recogía el bolso y se ponía el abrigo.

Antes de marcharse, Kendra cerró con llave el armario de los archivos y los cajones de su escritorio.

–Adiós.

–Buenas noches.

–Gracias.

–Ojalá pudiese hacer más –le dijo Ann.

Kendra asintió. Por un momento, Ann tuvo la sensación de que iba a decir algo, pero entonces se marchó.

Ann tomó una copa vacía del escritorio de su secretaria y se sirvió champán.

–Por mí –dijo, levantando la copa.

–Vaya, vaya –comentó una voz masculina a sus espaldas.

Ella se giró y vio a Raif en la puerta.

–Has salido vencedora en todo esto –dijo él.

Ann dio un sorbo a la copa y levantó la botella hacia él.

Raif asintió y se acercó.

–Aunque no estoy de celebración –le dijo mientras Ann le servía una copa.

–¿No te alegras por mí? –preguntó ella en tono de broma, sintiéndose muy cómoda en su compañía.

Tal vez fuese porque había pasado una noche con él en la cama.

–Estoy triste por mí –respondió Raif, levantando la copa–. ¿Recuerdas lo primero que me dijiste?

–¿Es un concurso? ¿Y cómo es que no estás de camino a Rayas?

Él ignoró sus preguntas.

–Cuando viniste a Rayas el mes pasado, una de las primeras cosas que me dijiste fue que alguien nos quería hacer daño a los dos, y que, si comparábamos la información que teníamos, podríamos averiguar quién era.

–También te dije que era una oferta que te hacía solo en ese momento.

–Siempre se puede renegociar –le dijo él–. Yo también dije una vez que jamás me acostaría contigo.

–Eso no lo recuerdo –comentó ella.

–Me lo juré a mí mismo.

–Es evidente que no eres de fiar.

–No –respondió Raif, mirándola a los ojos–. He venido a renegociar.

–¿Quieres volver a acostarte conmigo?

–No –dijo él, sorprendiéndola–. Bueno, sí. Por supuesto que sí, pero no es eso a lo que he venido.

Ann se sintió humillada. Se sirvió más champán y se lo bebió de un trago.

–Durante todo este tiempo, ha habido algo que no he comprendido. Nadie ha intentado vender la estatua. Y te aseguro que a Tariq se le da muy bien averiguar esas cosas. Así que me he estado preguntando… ¿Por qué el Corazón Dorado? Hay muchos objetos valiosos más fáciles de robar y después vender. ¿Para qué robar algo que luego no vas a poder vender?

Ann no podía responder a aquello. No tenía ni idea de cómo funcionaba la mente de un delincuente.

–Si no es para ganar dinero, tiene que ser para hacer daño.

–¿Piensas que alguien robó la estatua para hacerte daño? –le preguntó ella–. ¿Por la maldición?

–No hay ninguna maldición.

Ann sabía que Raif no creía en ella, pero eso no significaba que otros no pudiesen creer.

–Si existiese una maldición, ¿cómo te afectaría?

–Afectaría a mi vida amorosa y a la de mi familia, tal vez nos impediría que nos casásemos y tuviésemos herederos. O cambiaría la línea de sucesión. Pero hay que ser realista. No podemos seguir perdiendo el tiempo con pistas falsas.

–Es posible que el ladrón sí crea en la maldición –comentó Ann, pensando en voz alta–. Entonces tendría sentido que hubiese robado la estatua para hacerte daño. ¿Quién sería rey si tú no tuvieses hijos?

–Mi prima Kalila sería reina. Y su hijo, rey.

–Tal vez Kalila…

–No.

–No puedes estar seguro.

–Sería más fácil asesinarme.

Ann se quedó de piedra al oír aquello.

–¿Crees que tu prima sería capaz de asesinarte?

–Por supuesto que no. Kalila no tiene nada

que ver con esto. Lo que quiero decir es que, si el plan era cambiar la línea sucesoria en Rayas, hay otras maneras más eficaces de hacerlo. Aunque, si el objetivo soy yo, cosa que no está clara, el robo perjudica mi credibilidad. Y mina la confianza que el pueblo tiene en mí.

Hizo una pausa.

—Pero no olvides la otra parte de esta ecuación, Ann. Tú.

—Qué plan tan complicado.

—Te podrían haber despedido de Waverly's —le dijo Raif.

Ann asintió y, después, vació su copa de un sorbo.

—También había maneras más sencillas de conseguirlo. No sé cómo es la vida de un príncipe de Rayas, pero la mía era muy corriente antes de todo esto.

Raif rellenó ambas copas de champán.

—No seas tan humilde. La única vez que he aparecido yo en la primera página de un periódico estadounidense ha sido contigo.

Ann quitó importancia a ese hecho con un ademán.

—No es lo normal.

—Yo creo que alguien va a por ti, Ann.

—Eso suena un poco melodramático.

—Entraron en mi palacio, cosa nada fácil. Ensuciaron tu nombre y pusieron en peligro tu trabajo y a tu empresa… ¿Quién te habría contratado después?

Ann tuvo que admitir que una adquisición

hostil de Waverly's podría haber arruinado a muchas personas.

—¿Y quieres saber por qué? —le preguntó Raif.

—Por supuesto que quiero saberlo.

Raif se acercó a ella.

—Y, lo más importante, ¿quieres que dejen de hacer daño?

—Pero si ya se ha terminado.

Raif negó con la cabeza.

—Para mí no se ha terminado. Yo no he recuperado mi estatua y, cuando lo haga, querré vengarme. Además, si el objetivo eres tú, volverán a por ti.

A Ann se le encogió el estómago al oír aquello.

—¿Cómo? —preguntó.

—No tengo ni idea. No sabemos quiénes son. No sabemos lo que quieren. Y no sabemos qué es lo que van a hacer.

—No te preocupes por mí —le dijo ella.

—Me preocupo por Rayas. Mi país es mi prioridad —le dijo Raif—, pero sospecho que van a por ti.

Ann lo comprendió.

—Yo soy el cebo —comentó.

Raif la miró fijamente.

—Sí, eres el cebo.

Ella se rio con nerviosismo y volvió a vaciar su copa de champán.

—Quieres que vayan a por mí.

Raif no lo negó.

—Cuando lo hagan, descubriré de quién se trata.

–Diabólico –comentó Ann, pensando que no quería estar enfrentada a Raif.

Era un hombre poderoso, inteligente, frío e implacable. Aunque también era cierto que tenía que cuidar de todo un país.

–Ven a Rayas –le pidió él.

Ella lo miró fijamente.

–Ven a donde empezó todo.

–¿Por qué?

–Porque cuando mi problema esté resuelto, también lo estará el tuyo.

–No me gustó Rayas –le dijo ella.

Aunque no necesitaba una excusa para decirle que no. Era ridículo que Raif esperase que ella fuese a dejarlo todo para seguirlo.

–¿Qué es lo que no te gustó? –preguntó él–. Hace buen tiempo, los restaurantes son buenos. Te alojarás en palacio, con todas las comodidades.

–Hasta que decidas encerrarme en un calabozo.

–¿Cómo puedes decir eso?

–Porque me has amenazado con ello en más de una ocasión.

–Porque pensé que eras una ladrona.

–¿Y si vuelves a pensarlo?

–No lo haré, Ann –le dijo él, dejando su copa y quitándole a Ann la que tenía en la mano para entrelazar los dedos con los suyos–. Ven a mi país. Te protegeré. Te trataré con respeto. Y, si en algún momento te sientes incómoda, te traeré de vuelta a casa en mi jet privado. Te doy mi palabra de honor.

El calor de sus manos le caló la piel. Ann se sintió débil, sin aliento, desorientada. Luchó contra esas sensaciones, sabiendo que entorpecían su capacidad para tomar decisiones.

—¿Tu palabra de honor significa mucho en Rayas? —le preguntó.

—Lo significa todo.

—Me lo pensaré.

—Mi jet está esperando.

—¿Ahora?

—Sí.

—No estoy preparada. No he hecho las maletas —protestó, dándose cuenta de que estaba considerando seriamente la propuesta de Raif.

Necesitaba averiguar quién había querido estropearle la vida. Y quería detenerlo.

—Me reuniré allí contigo —le sugirió.

Raif negó con la cabeza.

—Sean quienes sean, quiero que sepan que hemos unido nuestras fuerzas. Quiero ponerlos nerviosos. Así, cometerán algún error.

Ann apartó las manos de las suyas e intentó pensar con sensatez.

—No puedo marcharme y dejarlo todo. Tengo un trabajo.

Raif sacó su teléfono móvil.

—Eso podemos arreglarlo. ¿Quién es tu jefe? ¿Cuál es su número de teléfono?

Ella no se molestó en disimular su disgusto.

—¿Así lo arreglas todo? ¿Vas a amenazar a mi jefe también?

Raif la miró con desdén.

—¿Cuál es su número?

—No tengo un único jefe. La junta directiva, en general, está por encima de mí.

—¿Quién está al mando, Ann?

Ella cedió. En parte, tenía curiosidad por ver actuar a Raif. Escribió en una hoja de papel el número de teléfono de Vance Waverly.

Luego escuchó sorprendida cómo Raif le hacía una oferta que él no podía rechazar. Si Vance le permitía que se llevase a Ann a Rayas, él cedería a Waverly's los documentos de encarcelación de Cosmo en la prisión de Rayas, firmados por el padre de la princesa Salima. Con eso, aumentaría también el valor de la estatua del Corazón Dorado.

Raif cerró el trato y colgó el teléfono.

—Eres increíble —comentó Ann, sinceramente asombrada.

Él se encogió de hombros.

—No me gusta perder el tiempo.

—Así que sabías que no te podría decir que no.

—Cuando le haces a alguien una oferta atractiva, nunca te dicen que no. Ven a Rayas, Ann. Vamos a terminar con este asunto.

Y a ella no se le ocurrió ningún motivo para decirle que no.

Capítulo Siete

El aire en Rayas era caliente y húmedo, y estaba saturado con aromas de jazmín y sal procedente del Mediterráneo. Ann miró por encima del hombro de Raif y vio que, fuera del avión, los esperaba una alfombra dorada y un comité de recepción de cuarenta personas.

—Tiene que ser una broma —murmuró.

—Ha pasado más de una semana —dijo Tariq.

—Yo podría estar fuera un año y, con un poco de suerte, me estaría esperando Darby.

—Parad —ordenó Raif, riéndose.

—¿El qué?

—De hacerme reír. Mi expresión debe ser digna.

Ann fue a darle una palmadita en el hombro, pero Tariq le sujetó la mano.

—En público, no —le advirtió en voz baja.

—¿En serio? —preguntó ella.

—En serio.

Raif empezó a bajar la escalerilla e, inmediatamente, una banda empezó a tocar.

—Supongo que no tendremos que recoger el equipaje —murmuró Ann a Tariq.

—Lo dejarán en tu habitación de palacio —le respondió él.

—Era una broma.

—Eres muy graciosa. Recuerda, cinco puestos por detrás de él en la línea de recepción.

—No quiero que me metan en el calabozo.

—¿Quién te ha dicho que hay un calabozo?

—Raif.

Tariq sonrió.

—Entonces es que él también es muy gracioso.

—¿Quieres decir que es mentira?

—Hay una prisión, pero en la actualidad es solo una atracción turística.

—Qué idiota.

—¿Quién?

—Raif. Me mintió.

—Te sugiero que no le digas eso en público.

—¿Por qué no? Ahora que sé que no hay calabozo, ¿qué problemas podría causarme?

—Romperías el protocolo y Raif tendría que echarte de palacio. Probablemente, del país.

Ann vio que Tariq hablaba en serio.

Raif llegó a donde estaba la comitiva y Tariq empezó a bajar la escalerilla. Mientras, Ann intentó recordar si debía quedarse cinco puestos por detrás de Raif o cinco por detrás de Tariq también.

Decidió arriesgarse y pasar directamente detrás de Tariq. Raif no tardó en llegar al final y allí dos hombres se pusieron a su lado, le empezaron a hablar y le dieron unos papeles mientras se dirigían a una fila de limusinas. El primer coche tenía dos banderines y sellos en las puertas.

Ann se dispuso a seguir a Raif, pero una mujer vestida de militar se puso a su lado y le dijo:

—Por aquí, señora.

Y le señaló otro de los coches.

–Voy con Raif.

La mujer frunció el ceño.

–Quiero decir, con Su Alteza –se corrigió ella.

–Por aquí, por favor –repitió la otra mujer.

–¿No puedo ir al menos con Tariq? –preguntó ella.

–Por aquí –repitió la militar.

–Está bien –asintió Ann por fin.

La condujeron hasta un todoterreno negro con los cristales tintados. El chófer le abrió la puerta trasera y Ann se dio cuenta de que no iba a viajar sola. En el vehículo había ya una mujer joven, de unos veinte años, que la miraba con curiosidad. Era una joven muy bella, de rasgos delicados, maquillada de manera muy sutil y ataviada con un bonito vestido largo de color marfil y dorado. Un pañuelo morado y blanco le cubría parcialmente el pelo.

–Bienvenida a Rayas –le dijo en voz baja.

–Hola –respondió ella.

–Soy la princesa Kalila.

–¿La prima de Raif?

–Sí.

Ann la miró sorprendida.

–¿Te han hecho venir al aeropuerto a recibirme?

Kalila esbozó una sonrisa.

–He venido a recibir a Su Alteza.

–Ah, claro. Por supuesto –dijo ella, todavía más confundida–, pero no lo has saludado aún.

–Las mujeres no lo hacemos.

–Ah, de acuerdo –dijo Ann, decidiendo que estaría mejor callada durante el resto del viaje.

–Puedes llamarme Kalila.

–Gracias. Yo soy Ann Richardson –dijo ella, ofreciéndole la mano.

Luego la retiró porque no sabía si era lo correcto, pero Kalila le tendió la mano también.

–La verdad es que no se me da bien esto –comentó Ann, tomando la mano delicada de Kalila.

Para su sorpresa, la princesa se echó a reír.

–Yo tampoco sabría cómo comportarme en Brooklyn.

–¿Has estado allí alguna vez?

–No. Lo más lejos que he ido ha sido a Estambul –dijo ella en tono soñador–. Aunque espero ir a los Estados Unidos algún día.

–Al parecer, Tariq va con cierta frecuencia –respondió Ann, dándose cuenta de que las mujeres de Rayas no tenían la misma libertad que las mujeres occidentales.

–Dudo que me dejen salir del país de aquí a algún tiempo.

Ann asintió.

–¿Por tu novio británico?

Kalila la miró sorprendida.

–¿Has oído hablar de Niles?

Ann se arrepintió de haber dicho aquello y esperó no haber metido a Raif en un problema.

–Lo siento –dijo enseguida–. Mientras Raif, quiero decir, Su Alteza y yo intentábamos averiguar quién había robado la estatua, tuvimos que compartir mucha… información.

–No me tienes que dar ninguna explicación –le contestó Kalila–. Mi primo puede decir y hacer lo que desee.

–No quiero que pienses que estábamos cotilleando. Lo tienes preocupado.

Kalila estiró los hombros y cruzó las manos.

–Lo que le preocupa es Rayas.

–Bueno, sí –admitió Ann–. Va a ser rey.

Kalila apretó los labios y miró al frente.

–Pensé que tú lo entenderías. Que serías progresista.

–Lo soy –respondió Ann–. Tengo un trabajo muy duro en un mundo de hombres. Viajo. Una vez le di una bofetada al presidente de Elvio Corporation por, bueno, ya te lo imaginas. Y engañé al príncipe de Rayas para que fuese a Santa Mónica. Aunque no creo que a Raif eso le pareciese progresista. Vaya, quería decir a Su Alteza. Digamos solo que no le divirtió la idea.

Kalila se echó a reír.

–Creo que me caes bien, Ann Richardson.

–Gracias, quiero decir que tú también me caes bien –dijo Ann, y después bajó la voz para añadir–: Tengo que admitir que me parece bien que tengas un novio británico. Hay que tener agallas para hacerlo.

Kalila dejó de sonreír.

–La familia real jamás nos permitirá que estemos juntos –comentó con una increíble tristeza–. Ojalá el rey no me hubiese dejado ir a Estambul. Era más sencillo antes de saber lo que me estaba perdiendo.

Ann la comprendió.

—¿Crees que las cosas cambiarán después…? —se interrumpió para buscar las palabras adecuadas—. Tengo entendido que el rey está muy enfermo.

—¿Quieres decir que si Raif, cuando se convierta en rey, aceptará a Niles?

—Tal vez…

—Raif jamás aceptará a Niles —dijo Kalila con absoluta convicción—. Tengo que casarme con Ari Alber. Tiene cuarenta años y es el hijo y heredero de un importante jeque. Rayas debe fortalecer sus relaciones económicas con Brasil, India y Argelia. Y por mucho que yo me enfade y proteste, tendré que cumplir con mi deber.

—¿No te gusta? —le preguntó Ann.

—Para ser justa, no lo conozco bien, pero es obstinado y dogmático. Le gustan las costumbres antiguas, y su madre… —se interrumpió.

Ann sintió curiosidad, pero no quiso preguntar.

El futuro de Kalila le parecía horrible, tenía un gran peso sobre los hombros.

Estuvieron un rato en silencio y las playas, tiendas y hoteles se convirtieron en edificios industriales, grúas y contenedores del puerto.

—¿Y cómo van a obligarte a casarte con él? —preguntó Ann por fin.

—Necesito el permiso del rey para casarme, y no accederá a que me case con ningún otro hombre.

—¿Porque eres joven?

–Todos los miembros de la familia real necesitan el permiso del rey para casarse.

–¿Raif también?

Ann no quería pensar en la mujer que se convertiría algún día en la esposa de Raif, pero no había podido evitar imaginársela joven, virginal, de ojos oscuros y sangre azul. Se preguntó si Raif intentaría casarse con alguien que le gustase, o si haría lo que fuese mejor para su país. No parecían importarle mucho las emociones.

–Por ahora, sí –respondió Kalila a su pregunta–. Bueno, siempre necesitará permiso, pero, cuando sea rey, se lo pedirá a sí mismo.

La broma de Kalila animó el ambiente.

–Ojalá pudiese hacer algo para ayudarte –le dijo Ann.

–Nadie puede ayudarme.

–¿Has pensado en marcharte de Rayas? Si lo del tal Niles va en serio, podrías emigrar a Gran Bretaña.

Kalila sonrió con tristeza.

–Es muy complicado. Y arruinaría demasiadas vidas con mis actos.

–¿Pero a ti sí que pueden estropearte la tuya? Eso no es justo.

–¿Y te parece justo que sea princesa? –le preguntó Kalila.

Ann no supo qué responder a aquello.

–Todo lo bueno tiene también cosas malas –comentó Kalila–, pero eso no significa que no vaya a quejarme. No se lo voy a poner fácil.

–Me alegro –dijo Ann.

Kalila señaló entonces por la ventanilla.

—Esas son las puertas de palacio.

Ann se giró y vio un enorme muro blanco y unas puertas, también blancas, de hierro forjado. Sintió que Kalila ya le había contado todo lo que le iba a contar acerca de su futuro. Y se le encogió el estómago de pensar que iba a volver a ver a Raif.

Había días en los que Raif no tenía ganas de convertirse en rey, y aquel era uno de ellos.

—Semanas —le dijo el médico de su padre muy serio—. Tal vez meses.

Con sus peores temores confirmados, Raif quiso olvidarse de todas sus obligaciones y poder pasar el máximo tiempo posible con su padre.

Tariq estaba cerca de la puerta del salón en el que Raif estaba hablando con el médico. No podía meterles prisa, pero Raif sintió su impaciencia. Había unas veinte personas esperando fuera a que el príncipe heredero las recibiese.

—¿Está sufriendo? —preguntó Raif.

—Raramente está consciente. Y, cuando lo está, la enfermera le administra morfina. Estamos haciendo todo lo posible para que esté cómodo, pero no está en condiciones de gobernar el país.

Raif asintió. Tenía un nudo en la garganta que le impidió hablar.

—Le sugiero que hable con el canciller acerca de un ínterin…

—No.

—Hay asuntos que necesitan…

—No —repitió Raif con convicción—. Es el rey y seguirá siéndolo hasta que muera.

—Entendemos su lealtad, Alteza —intervino Tariq en tono conciliador, acercándose—, es admirable, pero hay asuntos que no pueden esperar.

—El rey se está muriendo —replicó Raif fríamente.

—La familia de Ari Alber ha llamado varias veces —le dijo Tariq.

—Hablaré con Kalila.

—¿Y qué le dirás? —insistió Tariq.

—Que tiene que cumplir con su deber.

—¿Y si no quiere hacerlo?

—Lo hará.

—Mira que eres obstinado —murmuró Tariq.

El médico aprovechó aquel momento para retirarse. Se levantó de su silla y fue hacia la puerta, donde se inclinó ligeramente antes de abrir la puerta y volver a cerrarla tras él.

Raif supo que debía reprender a Tariq por haberse comportado con semejante insolencia delante del otro hombre, pero, sencillamente, no le quedaban energías.

—Tienes que advertirles que es posible que se niegue —añadió Tariq.

—¿Y arriesgar nuestro acuerdo comercial?

—Será peor si les pilla por sorpresa después.

Raif supo que Tariq tenía razón. No se lo dijo, pero tampoco siguió discutiendo. Intentaría razonar con Kalila una vez más antes de ponerse en contacto con los Alber.

–¿Qué más? –preguntó a continuación, refiriéndose a las personas que estaban esperando a ser recibidas fuera.

–La disputa sobre la frontera marítima entre las provincias de Masuer y Geenan.

–Diles que la compartan y que se comporten bien.

Tariq sonrió.

–Por supuesto. Aunque eso podría terminar mal.

–Cede ante Masuer en la frontera, y aprueba el dinero para la expansión del puerto de Geenan.

–Buena decisión –comentó Tariq.

–Me alegro de que sea de tu agrado.

–No mates al mensajero –protestó Tariq.

–¿Qué más?

–Tu tío está pidiendo apoyo una vez más.

–Está disgustado porque ha perdido a su novia.

El tío de Raif era un hombre tradicional y su orgullo se había visto dañado en la debacle.

–Es cierto –admitió Tariq–, pero ahora se está centrando en ti.

El príncipe Mallik siempre había reivindicado el trono de Rayas. En una ocasión, había llegado incluso a pedir al canciller que otorgase vigencia a una ley que databa de hacía trescientos años para permitir que el hermano pequeño del rey pudiese acceder al trono si el hijo mayor de este tenía menos de treinta años. El canciller se había negado, y Raif había cumplido los treinta ese mismo año, acabando así con cualquier esperanza de Mallik.

–Se le acaba el tiempo.

–Está extendiendo el rumor de que eres inadecuado.

–¿Qué es lo que dice de mí?

–Que eres demasiado occidental. Que has perdido el contacto con tus raíces. Que Rayas necesita un rey conservador.

–¿Estás preocupado? –le preguntó Raif a su primo.

–Lo llevo bien –respondió este–. Jordan ha accedido a venir a Rayas. Me está resultando muy valioso.

–De acuerdo. ¿Qué más?

–El *HMS Safi* ha chocado contra un arrecife en Australia.

–¿Sigue a flote?

–Sí, pero es posible que haya una fuga de combustible. Jacx ha ido a ver si es posible repararla y remolcar el barco a puerto.

–¿La tripulación está bien?

–Sí.

–¿Me mantendrás informado?

–Por supuesto. Entonces, ¿Jacx sigue siendo capitán?

Raif frunció el ceño.

–Estás empezando a hablar como el rey.

–¿Y eso es malo?

–He intentado convertir a Jacx en almirante varias veces –respondió Raif–, pero no puedo obligarlo.

–Técnicamente, puedes, pero no creo que con eso consiguiésemos nada. Es un buen hombre.

–Sí, es un buen hombre –admitió Raif–. Y le debemos mucho.

Varios meses antes, Jacx había intervenido cuando Daud, el novio de una prima lejana de Raif, había anunciado haber cambiado de opinión en el altar. Lo que podía haber sido un vergonzoso incidente para la familia real, se había convertido en una celebración.

Personalmente, Raif siempre había admirado a Jacx mucho más que a Daud, que era mimado, ruin y débil. Y al verlo dar un paso al frente en la boda, Raif se había dado cuenta de que era el hombre más adecuado para la princesa Salima.

–¿Qué más? –volvió a preguntarle a Tariq.

–Los presidentes de cinco bancos te están esperando–le dijo su primo.

–¿Se hundirá el sistema bancario si cancelo la reunión?

Al diablo con el protocolo. Raif quería hablar con Ann esa mañana, con Tariq y Kalila delante si era necesario.

–Sí –respondió Tariq muy serio.

–¿Se hundirá hoy? –insistió Raif.

–No, pero afectará a los mercados. Hay muchos rumores acerca de la salud del rey. Tu asistencia a la reunión tranquilizará a todo el mundo. Si no apareces, los rumores aumentarán.

Raif se levantó y fue hacia uno de los ventanales que daban al lago artificial que había en los jardines de palacio. Observó las flores de colores, los cisnes y los árboles frutales.

En esos momentos, en los que la salud de su padre se estaba deteriorando, era más importante que nunca que se centrase en Rayas, pero no podía evitar pensar en Ann. La había visto un momento la noche anterior, pero habían estado rodeados del personal de palacio. Después, Kalila se la había llevado a una zona en la que solo podían entrar las mujeres.

Ninguna de las dos había acudido al desayuno formal de esa mañana.

Raif nunca le había dado muchas vueltas al número de personas que lo rodeaban constantemente en Rayas, pero, en esos momentos, en los que quería estar a solas con Ann, le resultaba muy incómodo.

Podía haberla llamado por teléfono, pero no habría sabido qué decirle. No tenían ninguna intimidad. Verla a solas, en privado, aunque fuese solo unos segundos, rompería el protocolo y arruinaría la reputación de Ann.

Tenía que haber disfrutado más de ella en Nueva York.

—Supongo que voy a tener que tranquilizar a muchas personas, ¿no? —le dijo a Tariq.

—Sí —respondió su primo.

Raif se agarró al alféizar de la ventana un instante. Había sido formado toda su vida para aquello y había llegado el momento de dar un paso al frente. No podía permitir que Ann, ni ninguna otra cosa, se interpusiese en su camino.

—De acuerdo —decidió—. Vamos a ver a los banqueros.

Antes de que le diese tiempo a moverse se abrió la puerta. Raif se giró, sorprendido por la interrupción, y vio a seis guardias de seguridad acercándose a él.

–¿Capitán? –rugió Tariq.

–Ha saltado una alarma en el ala sur –dijo el oficial al mando mientras dos de los hombres agarraban a Raif para llevárselo hacia la puerta.

–Ann –le dijo Raif a Tariq–. Ve a por Ann. Podría estar en peligro.

Antes de que a Tariq le diese tiempo a contestarle, ya se lo habían llevado.

Hicieron entrar a Raif en el despacho de su padre y, allí, atravesaron una puerta secreta que daba a un ascensor.

Estaban en él cuando Raif le dijo al capitán Ronshan:

–Quiero que traigan a Ann Richardson al búnker.

Si aquello tenía algo que ver con el Corazón Dorado, tenía que mantenerla a salvo.

–Tariq la traerá –respondió el capitán.

–Confírmalo por radio –le ordenó Raif.

El capitán obedeció.

–Ahora, cuéntame qué ha ocurrido –le pidió Raif a continuación.

–Ha sido la alarma del tercer piso –le dijo el capitán Ronshan–. No ha saltado la alarma del exterior, ni la de los pisos primero y segundo.

–¿Cómo es posible? –preguntó él.

–Lo estamos averiguando –respondió el capitán muy serio mientras las puertas del ascensor se abrían. Su Majestad está custodiado por guardias armados. No nos hemos atrevido a moverlo.

–¿Y si es una bomba? –inquirió Raif, insatisfecho con la respuesta del capitán.

–El médico nos ha dicho que no podía moverse.

–Quiero hablar con el doctor Plare por radio –ordenó Raif, que quería que su padre estuviese con él en el búnker.

–La cama no cabría en el ascensor. Y sería muy doloroso para Su Majestad moverlo de ella.

Raif se detuvo antes de entrar al búnker.

–Voy a volver a subir.

–No puedo permitírselo.

–Es una orden.

El capitán Ronshan negó con la cabeza.

–Las órdenes del rey invalidan las suyas.

–No me lo podéis impedir.

El capitán Ronshan y el guardia agarraron a Raif de los brazos.

–¿Vais a pelear contra mí?

–No podemos permitir que corra peligro.

–El rey está en peligro –insistió él.

Las puertas del ascensor volvieron a abrirse y Raif se zafó de ambos para lanzarse hacia él, pero entonces vio aparecer a Tariq, Kalila y Ann.

Se sintió aliviado al ver a esta última y tuvo que hacer un esfuerzo para no darle un abrazo.

–¿Qué está pasando? –le preguntó ella.

–Nada –le aseguró Raif–. Es solo por precaución. Probablemente, un fallo de la alarma.

Raif pensaba que era posible que aquello tuviese que ver con el Corazón Dorado y con ella, pero prefirió no preocuparla.

Miró a Tariq.

—¿Y el rey?

—Le he ordenado al médico que lo meta en un helicóptero. Lo van a llevar a la suite real del hospital Fahead.

Raif asintió, satisfecho con la decisión de su primo.

—Quiero que me informen en cuanto esté en el aire —le pidió Raif al capitán.

Este escuchó su radio y pidió la confirmación.

—Ya están volando.

—¿Raif? —preguntó Ann con voz temblorosa.

—No tienes de qué preocuparte —le repitió él.

—No es la primera vez que ocurre —añadió Kalila, a pesar de saber que era la primera vez que saltaba la alarma interior del palacio.

Raif hizo un gesto a las mujeres para que entrasen en el búnker. Estaba tres pisos por debajo del palacio y era lo suficientemente fuerte como para soportar un misil. En él había todo lo necesario para que cincuenta personas sobreviviesen durante por lo menos seis meses.

Ann miró a su alrededor. Los muebles del salón parecían cómodos, también había una zona de comedor, varios escritorios y ordenadores. Las únicas habitaciones separadas eran los dormitorios, los baños y el despacho del rey.

Raif hizo un gesto a las mujeres para que se sentasen en un sofá y ellas lo hicieron.

–¿Cuánto tiempo vamos a tener que quedarnos aquí? –preguntó Ann.

–No mucho –le dijo Kalila alegremente–. La última vez fue solo un par de horas, ¿verdad, Raif?

–Sí –admitió él, agradeciendo a su prima que estuviese tan tranquila.

La observó y se dio cuenta por primera vez de que había madurado mucho en Estambul.

Ann se inclinó hacia él.

–Bueno, cuéntame qué va a pasar después –le pidió en voz baja.

–Van a confirmar por qué ha saltado la alarma –le contó él.

–Me refería al robo del Corazón Dorado. Necesitamos una estrategia. No he tenido la oportunidad de hablar contigo desde que hemos llegado a Rayas.

A Raif le alegró ver que lo de la alarma no la preocupaba.

–Tariq ha estado preguntando por ahí. Está buscando contactos nuevos en el puerto.

–¿Y qué tengo que hacer yo? No estoy segura de saber qué hago aquí.

–Lo siento. Tenía que atender un par de asuntos. Como mi padre está enfermo, todas las responsabilidades recaen sobre mí.

–Eso no significa que no pueda ayudarte, Raif. Para estar en palacio probándome vestidos, me voy a casa.

–¿Probándote vestidos? –preguntó él confundido.

–Kalila ha insistido –le dijo ella, poniéndose a la defensiva.

–Está preciosa vestida de seda –comentó Kalila.

Raif intentó no imaginársela. Nunca se había sentido tan atraído por una mujer y podría volverse loco si veía a Ann ataviada con las coloridas, delicadas y sensuales sedas de Rayas. Sabía que no podían acostarse juntos en palacio, con tantos sirvientes a su alrededor, pero no pudo evitar soñar con ello.

–No podría ponerme esos vestidos en Nueva York –comentó Ann–. Allí siempre vamos igual, salvo cuando hay alguna fiesta y nos ponemos un traje de noche.

–Tenemos que centrarnos en el Corazón Dorado –dijo Raif.

Por un segundo, le pareció ver un atisbo de dolor en los ojos de Ann.

–Dime qué quieres que haga –le dijo ella.

Él habló con Kalila.

–¿Adónde podrías llevar a Ann para que se relacione esta noche? Para que se corra la voz de que está aquí y de que tenemos alguna pista acerca de la desaparición de la estatua.

Capítulo Ocho

Ann se sintió bella con el vestido de seda amarilla, naranja y roja, pero no pudo evitar desear que Raif estuviese allí para verla. Después de que el equipo de seguridad les hubiese dado luz verde, Kalila y ella habían salido del búnker solas. Raif se había quedado con Tariq, a enterarse del motivo por el que había saltado la alarma, y para atender cualquier otro asunto que lo requiriese.

Varios guardias las llevaron en un todoterreno hasta una mansión de piedra que había frente a la playa y, allí, Kalila le presentó a un montón de personas.

Era evidente que Kalila era muy popular y todo el mundo quería saludarla antes de sentarse a una de las mesas en las que cenarían, en total, unas doscientas personas. La cena iba a servirse en una enorme terraza con vistas a un viñedo. Además, había un salón con una docena de puestos en los que se daban a probar diferentes vinos. Todos eran deliciosos y Ann empezó a probarlos mientras Kalila conversaba en su idioma natal. A menudo le traducía algo, pero, aun así, a Ann le era imposible participar en ninguna conversación.

Durante la cena, Kalila se inclinó hacia ella y le señaló a dos hombres que estaban sentados a varias mesas de la suya.

–Amar y Zeke –susurró–. Acaban de contarme que han ido diciendo por ahí que saben quién ha robado la estatua, los oyó uno de los trabajadores del puerto. El rumor llegó hasta Elena, la hija de once años de una mujer que trabaja para el jeque Bajra. Y, casualmente, la mujer que hay sentada a mi derecha tiene una relación, digamos, muy estrecha con el jeque Bajra.

Ann miró a la bella mujer y se preguntó por su vida amorosa. ¿Cómo lo haría en un país tan conservador como Rayas? Era una pena que no pudiese satisfacer su curiosidad.

–¿Piensas que fueron Amar y Zeke?

–Pienso que podrían saber algo.

–Tenemos que decírselo a Raif.

–Estoy de acuerdo –dijo Kalila. Y su expresión se iluminó de repente–. Vamos a contárselo ahora mismo.

Ann siguió la dirección de la mirada de Kalila y vio a Raif entrando en la terraza. Las personas que estaban más cerca de él se levantaron inmediatamente y el resto las imitó e inclinó la cabeza al paso del príncipe.

–Pensé que no iba a venir –dijo Ann.

–Raif hace lo que quiere –le respondió Kalila.

Ann estiró el cuello para ver mejor. Raif la miró a los ojos y a ella se le cortó la respiración.

Fue directo hacia su mesa y todo el mundo se

apartó para dejarlo pasar. En cuanto quedó claro cuál era su destino, aparecieron cinco camareros. Dos invitados, uno de ellos la supuesta amante del jeque Bajra, fueron desplazados a otra mesa.

El aspecto de Raif era el de un príncipe. Iba muy guapo con un traje oscuro, camisa blanca, corbata roja y tres trenzas de oro colgando de una charretera que llevaba en el hombro. Todo el mundo quería saludarlo, así que tardó cinco minutos en llegar a la silla vacía que había junto a Kalila. Fue solo entonces cuando Ann se dio cuenta de que iba acompañado de Tariq.

Raif se sentó y dijo con voz profunda:

—Buenas noches, Kalila. Buenas noches, Ann.

Ella inclinó la cabeza.

—Alteza.

Cuando la levantó, se dio cuenta de que Raif la miraba divertido.

¿Qué había querido que hiciese? Todo el mundo inclinaba la cabeza y se dirigía a él por su título, y ella no quería causar un escándalo.

Durante la cena, todo el mundo escuchó a Raif con respeto e interés, dijese lo que dijese. La única que lo retaba y bromeaba con él era Kalila.

Después de la cena y de un par de discursos, empezó el baile. Raif bailó primero con la anfitriona y Ann, con Tariq, pero cuando quiso darse cuenta tenía a Raif delante, agarrándole la mano y haciéndola girar por el brillante suelo.

Las demás parejas guardaron las distancias

con ellos, por respeto, dándoles por fin la oportunidad de hablar.

–Te has inclinado ante mí –bromeó Raif, casi riendo.

–Ha sido un acto reflejo. Todo el mundo lo ha hecho y supongo que me he dejado llevar por la histeria colectiva.

–Kalila tenía razón –dijo Raif.

–¿Acerca de los trabajadores del puerto?

Raif y su prima habían estado hablando durante la cena en su idioma y Ann se había preguntado qué habían estado diciendo.

–¿Qué? –preguntó Raif–. No. Acerca de lo guapa que estás con los vestidos típicos de Rayas. Estás preciosa, Ann.

A ella se le encogió el corazón.

–Tú tampoco estás mal –respondió con voz ronca–. Eres un príncipe muy guapo.

Él la abrazó con más fuerza por la cintura.

–Te he echado de menos –le susurró al oído.

–Me alojo en tu palacio –le recordó ella con cierto retintín–. Estoy segura de que sabes dónde.

–No es tan sencillo.

–Ya. Es un palacio muy grande y es fácil perderse en él.

–No podemos estar a solas, Ann.

A ella aquello le pareció ridículo.

–Hemos estado solos en Nueva York.

–Pero en Rayas tengo que proteger tu reputación.

–¿De quién? Ya no estamos en el instituto, Raif.

–Los criados hablan.

–¿Significa eso que ni siquiera podemos charlar juntos?

–Si estuviésemos a solas, harían conjeturas.

–¿Dirían que nos estamos acostando?

Raif tardó un segundo en responder.

–Sí.

–¿De verdad? ¿No se les ocurriría pensar que a lo mejor solo queremos pasar algo de tiempo juntos? Qué país tan agradable, este que diriges, Raif.

–Yo no lo dirijo –respondió él en tono frío–. Mi padre sigue siendo el rey.

Ann se sintió culpable por haberle recordado la enfermedad de su padre.

–Lo siento mucho.

–No te preocupes.

–No pretendía ser insensible.

–No pasa nada, Ann. Ya lo sé.

La canción terminó y ella se imaginó que Raif se separaría de ella, pero no lo hizo. En su lugar, empezó a bailar la siguiente sin soltarla.

–¿No pasa nada? –le preguntó ella.

–¿Qué?

–Que si no pasa nada porque bailemos dos veces seguidas. ¿No daremos de qué hablar?

Raif parecía relajado otra vez.

–No. Es evidente que no nos estamos acostando juntos.

–Has hecho que el tema del protocolo me

ponga nerviosa –protestó Ann–. ¿Y ahora te burlas de mí?

–Me gusta tomarte el pelo.

–¿Sí? Pues a mí no me hace ninguna gracia ser tu víctima –le dijo ella.

Sabía que no podían tener nada, pero lo echaba mucho de menos cuando no lo veía.

Necesitaba alejarse de él tanto como necesitaba tenerlo cerca, hacer el amor con él otra vez. Y le daba igual lo que dijesen de ella en Rayas. En Nueva York, a nadie le importaba su vida sexual.

Se preguntó qué haría Raif si le decía aquello. Y, después, se preguntó por enésima vez si le interesaría lo más mínimo volver a hacer el amor con ella.

–¿Te ha contado Kalila lo de los trabajadores del puerto? –le preguntó, para dejar de pensar en aquello.

–No.

–Al parecer, dos hombres llamados Amar y Zeke podrían saber algo del Corazón Dorado.

–¿Es la historia en la que está implicada la pequeña Elena?

–Entonces, ¿te lo ha contado Kalila?

–No, ha sido Tariq.

A Ann le extrañó que, sabiéndolo, no le hubiese dicho nada. Estaban juntos en aquello y era una información importante.

–¿Y qué ha averiguado? –preguntó, intentando que Raif no notase que estaba molesta.

–Nada. Elena solo tiene once años.

–¿Y?

–Que no tiene credibilidad –dijo Raif.

–¿Quién ha hablado con ella?

–¿Qué más da eso?

–No te ofendas, Raif, pero Tariq y tú, así como el resto de los hombres que he conocido en Rayas, intimidáis mucho…

–Ningún hombre ha hablado con la niña.

–Entonces, ¿quién ha hablado con ella?

–Nadie. Hemos hablado con la madre.

–¿Y por qué no ha hablado nadie directamente con Elena? –insistió Ann.

Raif dejó de bailar y la miró fijamente.

–Porque no queríamos intimidarla. ¿Has estado bebiendo?

Ann levantó la mano para darle un golpe en el hombro, pero se contuvo al sospechar que no sería adecuado.

–He tomado una copa de vino. Lo que quiero decir, Alteza, es que, si nadie ha hablado con Elena, no sabemos qué sabe la niña.

–No sabe nada.

–¿Eso es lo que ha dicho su madre?

Raif asintió bruscamente y se puso de nuevo a bailar.

Ann no era experta en investigaciones criminales y comprendía que las costumbres y el protocolo de Rayas eran complicados, pero no pudo evitar pensar que era un error dejar pasar aquella oportunidad.

–¿Te importaría que Kalila y yo hablásemos con Elena? –preguntó.

–¿Para qué?

–Para ver si a su madre se le ha pasado por alto algo.

–No es buena idea.

–¿Por qué no?

–Sois vosotros, los estadounidenses, los que tenéis las leyes antiacoso.

–No vamos a acosarla.

–No –dijo él.

–Pero…

–No –repitió–. Lo último que necesito es que Kalila y tú os metáis en esto. Tariq lo tiene todo bajo control.

–¿Entonces, qué hago yo aquí?

–Poner nerviosos a los ladrones.

–Pensé que había venido a ayudar.

Raif se rio como si aquella fuese la mayor barbaridad que había oído en toda su vida.

–¿De verdad? –preguntó Ann, bajando las manos y retrocediendo un paso.

–Ann.

–¿Eso es lo que piensas de mí?

–No me puedes dejar solo en mitad de un baile.

–Mira cómo lo hago –respondió ella, dándose la vuelta.

Mientras salía de la pista de baile, vio la expresión de horror de los rostros de Tariq y Kalila. Tal vez en Rayas no se hiciesen las cosas así, pero en Estados Unidos, sí. Y, al fin y al cabo, ¿qué iba a hacer Raif? ¿Deportarla? Pues estupendo. Ella misma se compraría el billete si era necesario.

Antes de llegar al final de la pista de baile, Tariq la agarró riendo y la hizo girar y Kalila fue directa a por Raif.

–¿Siempre lo salváis de sí mismo? –le preguntó Ann a Tariq.

–Todos los días –respondió este–. Y tengo que admitir que tú haces que mi trabajo sea mucho más interesante.

–Se ha comportado como un gusano.

–Es el príncipe heredero. Puede hacerlo.

–Conmigo, no.

–Intenta aguantar.

–¿Te estás burlando de mí?

–Sí.

–Ni siquiera sabes lo que ha hecho.

–Supongo que te ha ofendido.

–No me deja participar en la investigación.

–¿De verdad? –dijo Tariq–. Su Alteza Real, con toda la policía, el servicio de inteligencia y el ejército de Rayas a su disposición, ¿no acepta los consejos de una comerciante de antigüedades?

–¿Rayas tiene servicio de inteligencia?

–Por supuesto.

–¿Y no sois capaces de encontrar una estatua?

La pregunta dejó callado a Tariq momentáneamente.

–Estamos trabajando en ello –dijo, poniéndose a la defensiva.

–Yo diría que os vendría bien mi ayuda –insistió Ann, mientras la canción llegaba a su fin–. Y no soy una comerciante de arte, sino la directora ejecutiva de una casa de subastas de prestigio internacional.

La canción terminó y Tariq retrocedió.

—Gracias por el baile, señorita Richardson.

—Gracias por la información —respondió ella con voz dulce mientras buscaba a Kalila con la mirada.

Si Raif y Tariq pretendían dejarla fuera de aquello, tal vez Kalila la ayudase.

Kalila quiso ayudarla, pero, al parecer, Tariq tenía razón. Elena estaba confundida y no recordaba quién había dicho qué, no podía confirmar ningún nombre y ni siquiera estaba segura de que lo que había oído girase en torno al Corazón Dorado.

Eran las once de la noche y Ann seguía dándole vueltas a la conversación, buscando algún detalle que se le hubiese podido pasar por alto, mientras miraba un camisón verde esmeralda de seda con una bata a juego. Había sido un regalo de Kalila, que le había dicho que una mujer de su estatus social no podía dormir con una camiseta enorme y unos bóxer, mucho menos en palacio. Ann se había echado a reír al oír aquello, pero lo cierto era que le gustaba notar el roce de la seda contra su piel.

Recordó lo que Kalila le había traducido de la conversación que habían mantenido con Elena y su madre, y luego pensó en la expresión de los rostros de ambas y en su lenguaje corporal.

Entonces le vino otra idea a la cabeza, durante toda la conversación había habido un hombre de aspecto hosco en un rincón de la habitación. Un hombre cuya ropa no era de guardia de seguridad ni de sirviente.

Un golpe en la puerta interrumpió sus pensamientos. Atravesó la elegante habitación y fue a abrir.

Kalila estaba en el pasillo.

—Hola —la saludó Ann sorprendida, pues había pensado que se trataba de algún criado con fruta o té.

—Me acaba de llamar Raif —le dijo Kalila, entrando en la habitación. También iba vestida con un camisón lila y una bata a juego.

—¿No te pareció que Elena y su madre estaban nerviosas? —le preguntó ella.

—Era por mí. Mi presencia pone nerviosa a la gente.

—¿Y el tipo que había en el rincón? ¿Qué hacía allí?

—¿Qué tipo?

—Un hombre corpulento y serio.

Kalila se encogió de hombros y se sentó en el borde del sofá.

—Acabo de hablar con Raif —repitió.

—Ah, perdona —le dijo Ann.

—Quiere hablar contigo —añadió Kalila sonriendo.

—¿De qué?

—No me lo ha dicho.

—No lo entiendo —dijo Ann, mirando el reloj

de pared que había en la habitación–. Es tarde.

–Sí –admitió Kalila sin poder ocultar su curiosidad.

–Pensé que no nos estaba permitido –añadió ella.

–¿El qué?

–Estar a solas en palacio. Ah, espera. ¿Vas a venir conmigo?

Kalila negó con la cabeza.

–Solo te voy a acompañar. Me ha pedido que te lleve por los pasadizos secretos.

A Ann se le encogió el estómago.

Eran más de las once de la noche, así que el hecho de que Raif la llamase solo podía querer decir una cosa. Ann se preguntó si debía acudir a verlo o decirle que la dejase en paz.

Después de varios días de poca comunicación y de una observancia estricta del protocolo para proteger su reputación, ¿cómo era posible que le pidiese a Kalila que la llevase a través de los pasadizos secretos?

–¿Y los criados? –le preguntó a Kalila.

Esta se puso en pie.

–Nadie nos verá.

–¿Significa eso que, de repente, Raif quiere compañía? –preguntó Ann sin moverse de donde estaba.

Si aquello era tan sencillo, ¿por qué no lo habían hecho desde el principio?

–Significa que confía en ti –le respondió Kalila, dispuesta a defender a su primo.

Ann se preguntó si Kalila sospechaba que lo que Raif quería era sexo. Y luego se dio cuenta de que a lo mejor era ella la que se estaba precipitando al sacar conclusiones. Tal vez solo quisiera hablar con ella en privado. A lo mejor tenía alguna información nueva acerca del Corazón Dorado.

—Está bien —accedió—. Enséñame esos pasadizos.

Kalila asintió y alargó las manos hacia una espada que decoraba la pared. Hizo girar la empuñadura y se abrió un pequeño compartimento en otra pared.

Ann vio sorprendida que Kalila se acercaba a él, apartaba una caja que había de adorno y apretaba un botón. Entonces, un panel del tamaño de una persona se movió, dejando a la vista un pasillo de piedra.

Ann tuvo que agarrarse a uno de los postes de la cama.

—Tiene que ser una broma.

—No los usamos mucho —comentó Kalila—. Son un poco lúgubres, pero a nuestros antepasados les resultaron útiles para escapar de palacio en momentos difíciles.

Ann arrugó la nariz.

—¿Hay arañas ahí dentro?

—Es probable —dijo Kalila, sacando una linterna—. Andaremos rápidamente.

Ann no pudo evitar echarse a reír.

—Yo tenía diez años cuando mi madre me los enseñó —le contó la prima de Raif—. Me dijo que solo se podían utilizar en caso de emergencia, pero yo los usaba a veces para esconderme de la niñera o para espiar a los adultos.

–¿Y nunca te sorprendieron? –preguntó Ann, que cuanto más conocía a la otra mujer, mejor le caía.

–Me dieron varios toques de atención. Supongo que era una rebelde.

–Según las normas de Rayas –comentó Ann.

El pasadizo era oscuro y estrecho, con los techos bajos. La puerta se cerró tras ellas, pero la linterna daba luz suficiente para ver por dónde andaban. El aire olía a humedad y Ann se fijó bien en dónde ponía los pies para no pisar nada desagradable.

–Al parecer, para los británicos también –respondió Kalila–. Niles dice que tendremos que llevar a los niños a un internado inglés para que no salgan como yo.

A Ann le sorprendió el comentario.

–¿Estás pensando en casarte con Niles? –le preguntó.

–Me lo ha pedido –confesó Kalila–. Le he dicho que no puedo, pero él…

–¿Qué?

–Nada –dijo Kalila sacudiendo la cabeza–. Es imposible y Niles tiene que aceptarlo. Vamos, no podemos hacer esperar al príncipe heredero. No quiero que se enfade.

***

Raif miró con nerviosismo el panel que daba acceso al túnel que había en su habitación. Solo escuchaba a medias lo que su secretario le estaba contando y estaba deseando terminar la conversación y echarlo de allí.

Sabía que era un riesgo llevar a Ann a su habitación, pero necesitaba verla a solas. No podía pasar una noche más sin, al menos, hablar con ella, tal vez abrazarla y, con un poco de suerte, hacerle el amor.

Sabía que era posible que ella lo rechazase, pero tenía que intentarlo. Merecía la pena.

—Un miembro poco importante de la familia real —estaba diciendo Saham—, pero la petición procede directamente de Buckingham Palace. Y la familia Walden-Garv tiene una considerable influencia en Wimber International e Iris Industrial. Estaba pensando en una reunión privada, seguida de una pequeña recepción o, tal vez, un té.

—Por supuesto —respondió Raif, más interesado en deshacerse de Saham que otra cosa.

—¿Qué prefiere?

—Me da igual. Mira mi agenda y decide —respondió Raif, acercándose a la puerta.

—Muy bien, señor —dijo el secretario, tomando nota.

Raif abrió la puerta y le preguntó:

—¿De quién estábamos hablando?

—Del marqués de Vendich, heredero del ducado.

—Bien —dijo Raif antes de cerrar la puerta justo en el momento en el que alguien golpeaba suavemente el panel.

Atravesó la habitación e hizo que el panel se abriera.

Kalila le dijo hola y adiós y se marchó por los túneles hacia su propia habitación. Y una divertida y muy sexy Ann entró en la suya.

Iba vestida con una bata verde esmeralda que dejaba ver un camisón del mismo color y con la parte del escote de encaje. Iba sin maquillar.

Raif se acercó y el panel se cerró tras ella. Él tomó su mano fría, delgada y delicada.

Ambos guardaron silencio. Ann no sonrió, pero tampoco estaba seria. A Raif se le encogió el estómago. En una ocasión, Ann le había preguntado si había algo que no pudiese tener, sin duda, era ella. Era lo único que no podía tener y lo que, en esos momentos, más deseaba en el mundo.

—¿Sabes lo loco que estoy? —le preguntó Raif.

—Te lo llevo diciendo desde que te conocí. ¿Cómo es que por fin lo admites? —replicó Ann sonriendo.

Él sonrió también.

—Estaba pensando que eres la mujer que menos me conviene del mundo.

Ella arqueó las cejas.

—Vaya. ¿A quién no le gusta oír semejante cumplido? ¿Qué más tienes que decirme?

Raif intentó ordenar sus pensamientos.

—Eres occidental, rubia y con los ojos azules, no tienes ni una gota de sangre real en tus venas, y no tienes ningún valor político. Ni siquiera eres virgen.

–A mí siempre me han gustado mis ojos –se defendió ella en tono burlón.

–Y a mí me encantan. Lo mismo que tu voz, tu inteligencia y, en especial, tu sentido del humor, pero no puede ser. Tengo que cumplir con mi deber. Una relación contigo causaría todo un caos en mi familia. Mi padre se está muriendo, Ann.

–Lo sé.

–Voy a ser rey.

–Eso también lo sé.

–Debo casarme pronto.

Ann suspiró.

–Con una joven de Rayas que sea virgen y tenga pedigrí. Lo sé, Raif.

–Lo siento.

Ella se echó a reír.

–Eh, que el que está agonizando al respecto eres tú. No lo sientas por mí. Seguro que es la maldición. En cuanto recuperes la estatua, te enamorarás de la joven adecuada y serás feliz durante el resto de tus días.

Raif deseó que eso fuese posible.

Su vida se iluminaba cuando Ann estaba en ella, y se oscurecía cuando se marchaba. Quería hablar con ella, reír con ella, incluso discutir con ella. Quería compartir con Ann su dolor por la enfermedad de su padre, y las preocupaciones que le causaba el país.

–Lo bueno es que, hasta que encuentres la es-

tatua –dijo Ann, interrumpiendo sus pensamientos–, podemos divertirnos juntos.

Raif intentó entender lo que le estaba diciendo.

–No soy virgen, así que no vas a estropearme
para un futuro marido.

Él se quedó sin habla al oír aquello.

Ann se mordió el labio al ver la expresión de
Raif. Al parecer, no había entendido la broma.

Pero entonces la abrazó con fuerza y ella no
pudo evitar fundirse contra su cuerpo. Por un
segundo, se olvidó del pasado, del futuro, de la
vida real. Por un segundo, fingió que podía
amarlo.

Levantó la barbilla y él la besó. Al principio
fue un beso amable que, poco a poco, se volvió
más profundo e insistente. La pasión fue au-
mentando entre ambos.

–No puedo dejar de pensar en ti –murmuró
Raif–. Lo intento. Lucho contra ello, pero no
puedo. No quiero hacerte daño, Ann.

Ella apoyó las manos en su pecho y notó los
latidos de su corazón. En esos momentos no le
hacía daño.

–Te echo mucho de menos –le confesó.

Él le puso un dedo debajo de la barbilla para
hacer que lo mirase a los ojos.

–Quédate. Duerme conmigo. Deja que pase
la noche abrazado a ti.

Ann asintió. Cuando llegase el dolor, ya se

enfrentaría con él, pero esa noche era suya, e iba a amarlo con toda su alma.

Raif la tomó en brazos y la llevó al dormitorio, hasta la cama con dosel.

Una vez delante, la dejó en el suelo. Después, quitó con impaciencia la docena de cojines que adornaban la cama y retiró la colcha, dejando al descubierto un juego de sábanas blancas.

Luego volvió a acercarse a Ann, pero no la besó, le apartó el pelo de la cara y sonrió con satisfacción mientras le desataba el cinturón de la bata. Se la quitó.

Su mirada se oscureció de deseo al ver el camisón de finos tirantes que llevaba debajo y se inclinó a darle un beso en el hombro desnudo. Le mordisqueó el cuello y, mientras tanto, se fue quitando su propia ropa.

Ann pensó que era muy erótico que la estuviese acariciando solo con los labios.

Cuando solo se interpuso entre ambos su camisón y los calzoncillos de Raif, él la tumbó en la cama y se puso a su lado.

–Eres mi cuento de hadas personal –le dijo Ann sin pensarlo.

Raif la acercó a él y sus cuerpos se pegaron.

–Soy tan hombre como príncipe –respondió en un susurro.

–Ojalá solo fueses hombre –le dijo ella.

–Hay cosas que no se pueden cambiar.

Ann asintió y respiró hondo, y después se concentró en sus manos, en sus labios, se preguntó dónde la besaría después, dónde la acariciaría.

Era un amante increíble y no podía desearlo más.

Esperó y esperó, y entonces preguntó:

—¿Raif, qué haces?

—Me encanta tu olor —le dijo él, dándole un beso en el cuello.

Y ella se tranquilizó.

Entonces, volvió a esperar otro beso, pero este no llegó.

—¿Raif?

—¿Qué?

—Que no me estás besando.

—Ya lo sé.

—¿Y por qué no me estás besando?

Él apoyó la mano en su estómago.

—Porque no soy de piedra. Me pides demasiado, Ann.

Aquello la confundió.

—¿Quieres que te bese yo? —preguntó Ann.

Siempre había sido él quien había llevado la iniciativa, pero a Ann no le importaba intercambiar los papeles. Intentó moverse entre sus brazos, pero Raif la estaba sujetando con demasiada fuerza.

—¿Raif, qué ocurre?

—¿Que qué ocurre? —preguntó él con voz tensa—. Que estoy pendiendo de un hilo.

—No lo entiendo.

Él la miró fijamente y luego parpadeó.

—Corrígeme si me equivoco, aunque espero no equivocarme, pero, cuando te he dicho que quería pasar toda la noche abrazándote, ¿has entendido que lo que quería en realidad era hacerte el amor?

—Por supuesto —respondió ella.

Raif sonrió de oreja a oreja.

—Entonces, tu sí, significaba… sí.

—Por supuesto que sí.

Sin volver a mediar palabra, Raif se colocó encima de ella y la besó apasionadamente mientras metía la mano por debajo del camisón y le acariciaba la cadera, el estómago, un pecho…

Ann tomó aire, excitada.

—¿Voy demasiado deprisa? —le preguntó él mientras le quitaba el camisón por la cabeza.

—No, me gusta que vayas deprisa. Ya iremos despacio más tarde.

Llevaba demasiado tiempo esperando aquello.

Capítulo Nueve

A la mañana siguiente, durante el desayuno, a Ann todavía le cosquilleaba la piel, sobre todo, en ciertos lugares, pero Raif tenía todo el día lleno de reuniones y compromisos por la noche, así que no podía verlo. Se recomendó a sí misma que tuviese paciencia. No le había dicho que fuese a su cama aquella noche también, pero lo haría. O eso esperaba ella.

Se tomó un café e intentó pensar en otra cosa.

Una de las criadas le puso delante una tortilla francesa justo en el momento en el que Kalila entraba en la habitación. La brisa del mar sacudió su vestido verde. Como todas las mujeres de Rayas, Kalila llevaba un colorido pañuelo en el pelo. Había intentado enseñarle cómo se colocaba, pero Ann todavía no había aprendido.

Kalila se sentó a su lado en la mesa redonda para seis personas. Había cuatro mesas en la habitación, pero, hasta el momento, solo habían desayunado allí ellas dos.

Un criado sirvió café a Kalila, le puso una servilleta limpia en el regazo y un plato de bollos recién hechos delante.

–¿Qué tal anoche, fue bien? –preguntó la prima de Raif cuando se quedaron solas.

–No estoy segura de lo que quieres preguntarme –respondió Ann.

–La última vez que te vi, ibas a hablar con el príncipe heredero –dijo Kalila en un susurro.

Ann no sabía si la otra mujer le estaba preguntando sutilmente si habían pasado la noche juntos.

–No sabe nada nuevo acerca del Corazón Dorado –le contestó.

Aquello pareció satisfacer a la joven.

–He estado pensando en lo que me dijiste anoche, del hombre que había en la habitación.

Ann la escuchó.

–Es evidente que Elena y su madre estaban nerviosas, yo creo que nos ocultaban algo.

–Y el hombre con cara de perro que había en el rincón estaba allí para asegurarse de que se ceñían al guion.

–Es una posibilidad –admitió Kalila.

Ambas mujeres guardaron silencio mientras un criado dejaba un plato de fruta delante de Kalila.

–Tenemos que hablar con Amar y Zeke. O con alguien cercano a ellos –decidió Ann.

–Eso no es posible. Trabajan en el puerto, Ann –le advirtió Kalila–. Y las mujeres no van al puerto.

–Me disfrazaré –dijo Ann.

–No funcionará. Además, no hablas nuestro idioma.

–¿Y si mandamos a alguien? ¿Qué tal tu doncella personal?

–No puedo hacer que corra ese riesgo. La despedirían inmediatamente y le prohibirían la entrada a palacio.

–Ah, claro –comentó Ann, que no había pensado en eso.

–¿Por qué te importa tanto? –le preguntó Kalila–. No es tu estatua. Y no afecta a tu vida.

Ann se limpió los labios con la servilleta.

–Quien la haya robado puede estar trabajando con alguien de Nueva York, y es posible que quieran arruinarme la vida. Raif dice que, si no lo consiguen de ese modo, encontrarán otro. Es cierto que no me interesa la estatua, lo que quiero es averiguar quién la ha robado.

–Te gusta mi primo –le dijo Kalila, estudiando su expresión.

–Me gusta mucho, Kalila. Anoche…

–No tienes que contármelo.

–Pero ya lo sabes.

Kalila dudó antes de asentir.

–El príncipe heredero puede hacer lo que desee.

–Yo no tengo ningún motivo para ser virgen –dijo Ann.

Kalila se ruborizó.

–En Estados Unidos es diferente –añadió ella.

–En Rayas, también.

A Ann se le encogió el estómago al oír eso.

–¿Niles?

–Él quiso proteger mi virginidad.

–Pero os habréis besado.

Kalila sonrió y se le iluminó la mirada.

—Hay una posibilidad —dijo entonces—. Puedo acompañarte al puerto yo.

—No es posible —respondió Ann—. ¿O sí?

Raif se había pasado todo el día reunido y echando de menos a Ann. La noche anterior no le había dicho que fuese a verlo aquella también y en ese momento se dio cuenta de su error. En vez de pasar el día esperando volver a verla, lo había pasado temiendo que lo rechazase.

No podía rechazarlo. No lo permitiría. Aunque no era uno de sus súbditos y no iba a hacer siempre lo que él le pidiese.

Eran casi las seis de la tarde y Raif tenía hambre. También le apetecía un Martini o un whisky solo, pero tendría que pasar la siguiente hora con el marqués de Vendich.

La puerta de la sala de juntas en la que estaba se abrió y apareció un mayordomo con el marqués, un joven muy elegante.

Raif se puso en pie para recibirlo.

—Su Alteza Real —empezó el mayordomo—. Permita que le presente a Niles Hammond Walden-Garv, marqués de Vendich. Señor, Su Alteza Real, el príncipe Raif Khouri, de la Casa de Bajal.

Los dos hombres se dieron la mano.

Raif se fijó en que la mano del joven era firme, y había determinación en su mirada. Parecía estar allí con un propósito.

–¿Puedo hablar con Su Alteza a solas? –preguntó el marqués sin más preámbulos.

Raif miró al mayordomo y asintió. Luego, señaló dos sillones que había junto a una ventana.

–Prefiero quedarme de pie –dijo el marqués.

–De acuerdo.

–Creo comprender cuál es su posición –empezó el marqués–. Sé que ha hecho promesas y que tiene planes, pero he venido a hablar con usted de hombre a hombre. Y espero que me escuche.

–Me temo que estoy en desventaja –comentó Raif.

–¿Qué quiere decir, señor? –preguntó el joven.

–Que no sé a qué ha venido.

El marqués retrocedió sorprendido.

–¿Cómo es posible?

–Supongo que por culpa de la incompetencia de alguno de mis ayudantes –contestó Raif con impaciencia.

–He venido a hablar de Lila.

–¿Lila? –preguntó Raif sin entender nada.

–Su prima Lila.

–¿Kalila? –preguntó Raif con el ceño fruncido–. ¿Se refiere a Su Alteza Real la princesa Kalila Khouri?

–Por supuesto, ¿a quién si no?

–No se llama Lila –replicó Raif, dispuesto a echar al marqués de palacio por semejante insolencia, pero entonces lo entendió. El marqués se llamaba Niles Hammond Walden-Garv–. ¿Tú eres Niles?

–Sí. Supongo que Lila le ha contado al menos parte de la historia.

–No la llames así.

La puerta se abrió bruscamente y en ella apareció Tariq.

–¡Raif!

Él se giró hacia su primo.

–¿Puedo ayudarte en algo? –preguntó, furioso por la interrupción.

–Se trata de Ann y Kalila –dijo Tariq, mirando a Niles y empezando a hablar en su idioma natal–. Las han apresado en el puerto.

A Raif se le encogió el estómago.

–¿Cómo? ¿Por qué? ¿Dónde están?

–Las han visto de lejos los hombres de Jordan. Iban disfrazadas.

–Tiene que ser un error.

–No. Han salido de palacio por los túneles, disfrazadas.

–¿Y dónde están ahora? –preguntó Raif, sintiendo miedo.

–Un hombre de Jordan está siguiendo el coche.

–Yo también voy –dijo Niles, hablando en el idioma del país, aunque con un fuerte acento.

–De eso nada –replicó Raif.

–¿Habla nuestro idioma? –preguntó Tariq sorprendido.

–Me enseñó Li… la princesa Kalila –explicó el marqués.

–Este es Niles –le dijo Raif a Tariq.

Este miró al joven de arriba abajo.

–Podría venirnos bien. No lo relacionarán con palacio. Además, tú no puedes correr ningún riesgo.

–Intenta impedírmelo, y te despediré –le dijo Raif.

–Yo también voy –insistió Niles.

Raif no tenía tiempo para preocuparse por él. Ann y Kalila estaban en peligro.

–Haz lo que quieras –le respondió, saliendo de la habitación.

Cuando recuperó la consciencia, lo primero que pensó Ann fue que tenía frío. Entonces se dio cuenta de que estaba atada de pies y manos. Tumbada sobre un suelo de piedra, frío y húmedo. Entonces sintió miedo por Kalila.

Oyó voces de hombre a su alrededor y buscó a Kalila con la mirada, pero oyó gemir a una mujer y la vio atada a una silla, tenía los ojos marrones, pero el pelo rubio, no era Kalila. No obstante, le resultó familiar. ¿Kendra? ¿Era Kendra? ¿Qué estaba haciendo su secretaria allí?

De repente, oyó gritos y disparos, y los hombres echaron a correr. Ella cerró los ojos con fuerza y se mantuvo inmóvil.

De pronto, unas manos fuertes la agarraron. Seguía oyendo gritos, pero los disparos habían cesado.

–Ya estás a salvo. Estás a salvo –le dijo la voz ronca de Raif, que la apretaba contra su pecho.

Ann abrió los ojos para comprobar que no estaba alucinando y vio a Raif, que la llevaba en brazos hasta un todoterreno. Una vez allí, él le quitó la cinta que llevaba en la boca.

–¿Kalila? –le preguntó Ann.

–La tiene Tariq –respondió él, antes de dar instrucciones a sus hombres.

Después, Raif se sentó a su lado en el asiento trasero del todoterreno y el conductor arrancó el coche.

Mientras se alejaban de allí, Ann sintió alivio, remordimiento y terror.

–Ya estás a salvo, Ann –le dijo Raif, apretándola contra su pecho.

–Yo…

–Shh –le susurró él, acariciándole el pelo–. Vamos a volver a palacio.

–Lo siento mucho. Kalila…

–Está bien –le dijo Raif, mientras le quitaba las cuerdas de las manos y de los pies–. Ya hablaremos de esto más tarde. Ahora, lo único que importa es que estáis bien.

La ayudó a sentarse, la abrazó por los hombros y le dio un beso en la frente.

–Pero, si se os vuelve a ocurrir hacer semejante tontería, te castigaré yo mismo. Puedo hacerlo, soy el príncipe heredero.

–Lo siento mucho –repitió Ann–. Ha sido culpa mía. Yo convencí a Kalila. Como Tariq y tú no nos escuchabais…

–Tariq ordenó a Jordan y a sus hombres que vigilasen a Amar y a Zeke. Llevan días haciéndolo.

–¿Qué?

–¿Qué pensabas, que no íbamos a seguir esa pista?

–Pero me dijiste...

–Cuantas menos personas lo supieran, mejor.

–Pero soy yo, Raif. Yo. ¿Me trajiste a Rayas solo para mentirme?

–No te he mentido.

–Me has hecho pensar... –dijo Ann–. Has hecho que ponga a Kalila en peligro. Esos hombres... nos drogaron.

–Lo sé.

–Y nos metieron en el maletero de un coche. Pensé que íbamos a morir.

–Jordan, el amigo de Tariq, y sus hombres lo vieron todo y siguieron el coche.

Ann no pudo evitar ponerse a temblar.

–Ya estamos llegando a palacio.

–Gracias –le dijo ella llorando–. Por venir a buscarnos. Por salvarnos.

–Oh, Ann –respondió él, dándole otro beso–. ¿Qué voy a hacer contigo?

Ya estaban llegando a palacio cuando Ann preguntó:

–¿Han encontrado la estatua?

–Todavía no.

–Lo he estropeado todo, ¿verdad?

–Kalila también ha ayudado.

El coche entró en el garaje de palacio.

–Te van a traer ropa seca –le dijo Raif.

El conductor abrió la puerta y ella se apartó de sus brazos. Raif salió por su puerta y dio la vuelta al vehículo para ayudarla a salir.

Ann vio a Kalila rodeada de sirvientas y deseó acercarse a pedirle perdón, pero Raif tiró de ella, haciéndole atravesar el garaje, recorrer un pasillo y subir unas escaleras.

Con Ann y Kalila ya durmiendo en sus habitaciones, Raif se sentó en su despacho frente a Niles Walden-Garv, que había colaborado en el rescate, pero no le habían permitido ver a Kalila.

—He venido a pedir su mano —anunció el marqués.

—No —respondió Raif sin dudarlo.

—Tengo el permiso de mi reina.

—Pero Kalila no tiene el de su rey. Está prometida a otro hombre.

—Ella me ha dicho que todavía no están comprometidos.

Raif apretó la mandíbula.

—Ha desarmado a tres de los secuestradores —intervino Tariq—. Podría considerarse que ha salvado la vida de Su Alteza Real. Y, además, su familia está vinculada a Wimber International y a Iris Industrial.

Ambas empresas eran dos importantes conglomerados financieros con mucha influencia en todo el mundo.

—¿De parte de quién estás? —le preguntó Raif.

—Aquí no hay partes, todos queremos que Kalila sea feliz —comentó Niles.

—Algunos queremos que Kalila cumpla con

su deber y que piense en su familia antes que en sí misma –replicó Raif.

–¿Como usted?

–Como yo –le confirmó Raif.

–¿Con Ann Richardson? –preguntó Niles.

A Raif se le aceleró el pulso.

–Ann Richardson no es asunto tuyo.

–Pero está enamorado de ella.

–Eso es irrelevante –dijo Raif.

Pero supo que Niles tenía razón. Se había enamorado de Ann, pero no podía tenerla.

–Va a ser rey y no puede casarse con una plebeya estadounidense, y lo entiendo, pero es poco probable que Kalila sea reina. Y yo pertenezco a la nobleza. ¿Va a negarle la felicidad solo porque usted no puede tenerla?

–Basta –ordenó Raif.

–Ella me quiere –continuó Niles–. Y yo la quiero a ella. Tengo importantes recursos financieros y mucho poder. Comprenderá que voy a luchar por ella.

Llamaron a la puerta y Tariq salió a hablar con un secretario.

–Necesita el permiso del rey –le advirtió Raif al marqués.

Las puertas se abrieron y Tariq volvió a entrar con el gesto sombrío.

–Majestad –dijo emocionado–. El rey ha muerto.

Capítulo Diez

El sonido de cornetas despertó a Ann al amanecer. Se sentó en la cama y notó que tenía la cabeza mejor que la noche anterior.

Se estremeció al pensar en lo ocurrido. Entonces recordó a Raif salvándola, y volvió a entristecerse al pensar que iba a reprenderla. Se lo merecía, pero no era así como quería pasar el poco tiempo que le quedaba con él.

Oyó voces y pasos en el pasillo, algo inusual a esas horas de la mañana, y abrió la puerta.

Como no entendió nada de lo que se decía, volvió a la habitación, se duchó y se vistió con un sencillo vestido de seda rosa que había comprado con la ayuda de Kalila. Después fue al salón en el que se servía el desayuno, donde esperaba encontrar a Kalila.

Y así fue, salvo que esta estaba rodeada por tres guardias de seguridad, dos de sus sirvientas y otros tres hombres.

Ann se detuvo al ver a tantas personas.

—¿Kalila?

Ella se levantó y tomó las manos de Ann.

—Debes cambiarte de ropa —le dijo.

Y Ann se dio cuenta de repente de que todo el mundo iba vestido de negro.

–El rey Safwah ha muerto.

–Lo siento mucho –balbució Ann, sintiéndose como una tonta.

Volvió a su habitación, apenada por la muerte del monarca, pero, sobre todo, por la certeza de que todo iba a cambiar.

Se puso la única ropa oscura que tenía, unos pantalones negros, una camiseta gris y una chaqueta de punto negra encima. Y después volvió a dirigirse hacia el salón del desayuno, donde había todavía más personas que unos minutos antes.

Todavía estaba pegada a una pared, sintiéndose como una intrusa, cuando vio entrar a Raif y a Tariq.

Todo el mundo se puso en pie y Raif recorrió el salón con la mirada, posándola en ella solo un instante.

En cuanto pudo, Ann salió de allí y fue hacia su habitación. Sabía que lo suyo con Raif había terminado. Él tenía cosas mucho más importantes en las que pensar, que en su examante estadounidense.

Una vez en su dormitorio, reservó por teléfono un billete de avión para volver a Nueva York e hizo la maleta.

Estaba bajando las escaleras principales sin que nadie reparase en ella cuando Tariq la agarró del brazo.

–Raif quiere verte –le dijo.

–¿No tiene cosas más importantes que hacer? –preguntó ella.

—Muchas.

—Pues que las haga. Dile que no me has encontrado.

Tariq la llevó hasta una puerta y la hizo entrar en una habitación que estaba en penumbra. Él se quedó fuera y cerró la puerta.

Ann parpadeó para adaptar la vista a la escasez de luz y vio acercarse a Raif. Estaban en un pequeño salón.

—Lo siento mucho, Raif —fue lo único que pudo decirle.

—¿Ibas a marcharte? ¿Sin decirme adiós?

—Estabas muy ocupado y no quería molestarte.

—Eso no significa que puedas marcharte sin despedirte.

—Entonces, ¿estás de acuerdo en que tengo que marcharme? —preguntó ella, arrepintiéndose al instante.

Él tomó sus manos y Ann tuvo que hacer un esfuerzo para contener las lágrimas. Aquella era la última vez que Raif iba a tocarla. Era probable que jamás volviesen a verse.

—Soy yo el que lo siente —le dijo él—. Daría cualquier cosa por ser un hombre normal y corriente. Si pudiese, pasaría el resto de mi vida contigo. Te quiero, Ann.

Ella sintió que se le rompía el corazón.

—No.

—Sí. Y sé que tú también me quieres. No hace falta que lo digas para que sea verdad.

Ann tragó saliva y una lágrima se deslizó por su rostro.

–Es cierto, te quiero, Raif.

–Jamás te olvidaré –le dijo él, abrazándola.

–Ni yo a ti.

Él le dio un beso y luego la soltó.

–Siento lo de anoche –le dijo Ann.

–Seguiremos buscando. Yo… Tariq te mantendrá informada.

–Gracias –le dijo ella, apoyando las manos en su pecho un instante antes de retroceder.

–Ann…

–Tienes que cumplir con tu deber. Lo nuestro no puede ser.

–No, no puede ser.

Ella se inclinó y tomó la maleta.

–Eres un hombre increíble, Raif Khouri. Rayas tiene mucha suerte de tenerte como rey.

Antes de que él pudiera responderle, se dio la vuelta y se marchó.

–¿Puedes conseguirme un coche? –le preguntó a Tariq con un hilo de voz.

–Por supuesto –respondió él–. Te llevaremos de vuelta a casa, Ann.

Kalila estaba en el despacho de Raif, sentada al otro lado de su escritorio con la cabeza inclinada y los ojos clavados en el suelo.

–Estoy preparada para cumplir con mi deber –le dijo, levantando la barbilla.

–Es una buena noticia –respondió Raif–. Para mí. Y para Rayas.

–Sí.

–Pero no tanto para ti.

Kalila no respondió.

–Ni para el marqués de Vendich –añadió Raif.

–¿Cómo lo…?

–Vino a verme anoche. Y ayudó a rescataros.

–¿Está aquí?

–Está aquí. Ha pedido o, más bien, ha exigido tu mano.

–Es un hombre muy decidido.

–Dice que lo amas.

Kalila miró a Raif a los ojos.

–Es cierto, lo amo, pero sé cuál es mi deber.

–Y yo cuál es el mío. Cuidar de Rayas y de todos sus ciudadanos, y eso significa asegurar también tu felicidad, Kalila. Puedes casarte con el marqués de Vendich. Te doy mi permiso como rey.

–Gracias –le dijo ella abrazándolo, con los ojos llenos de lágrimas de felicidad.

–Tariq –llamó Raif.

La puerta se abrió y entró el marqués de Vendich.

Kalila gritó de alegría y se dirigió hacia sus brazos.

Cuando la pareja se hubo marchado, entró Tariq.

–Una boda real –comentó–. Eso animará a tus súbditos y desviará la atención de ti, pero pronto tendrás que buscar una reina. Y necesitarás herederos.

***

—Su Majestad —dijo una voz femenina en el hall de palacio—. La mujer europea que rescataron en el puerto está despierta.

Raif y Tariq se miraron. Dos noches antes, junto con Ann y Kalila, habían rescatado a una mujer con un golpe en la cabeza y la habían instalado en una de las habitaciones de palacio.

—Llévenos a verla —le pidió Tariq a la doncella que les había hablado.

Una vez delante de la mujer rubia, que los miraba temerosa, Raif le dijo:

—Estás a salvo, en palacio.

—Quiero irme a casa.

—¿Cómo te llamas?

—Roxanne Darling. Por favor, llévenme a casa.

—Por supuesto, Roxanne. ¿Dónde vives?

—En Nueva York.

—¿En Nueva York? ¿Por casualidad conoces a Ann Richardson?

—Mi hermana Kendra trabaja para ella.

—¿Y qué haces en mi país? —quiso saber Raif.

—Me han traído los secuestradores.

De repente, se oyó un crujido en un rincón y Raif levantó la mirada. Procedía de una puerta secreta, lo que quería decir que había alguien al otro lado.

Tariq se acercó, abrió la puerta y forcejeó brevemente con un hombre. Para sorpresa de Raif, se trataba de su tío, el príncipe Mallik.

—¿Es este uno de los hombres que te secuestraron? —le preguntó Raif a Roxanne, furioso.

—Estaba en el sótano cuando yo llegué —comentó ella con un hilo de voz—. Estaban chantajeando a mi hermana. Le dijeron que me matarían si no les daba información.

Raif iba a llegar al fondo de la cuestión.

Sacó su teléfono móvil y se lo tendió a Roxanne.

—Llama a tu hermana y dile que estás bien. Después, te llevaremos a casa.

Cuando Ann entró en su despacho después de una larga reunión con la junta directiva, se encontró a Kendra doblada sobre el escritorio, hablando por teléfono. Estaba llorando y limpiándose la nariz.

—Sí —dijo con voz temblorosa por el auricular—. Estaré allí. Te quiero mucho, Roxy. Adiós.

Tenía que ser una mala noticia. Una mala noticia relacionada con su hermana. Fuese lo que fuese lo ocurrido, Ann sintió mucha pena por ella.

Kendra colgó el teléfono y siguió llorando.

—¿Kendra? —le dijo Ann, haciendo que su secretaria se sobresaltase.

La joven se giró.

Ann se acercó a ella.

—¿Se trata de Roxanne? ¿Está peor?

La otra mujer dejó escapar una carcajada histérica y se tapó la boca con la mano, no podía dejar de llorar.

Ann pensó que Roxanne debía de estar muy

grave. Se inclinó y apoyó una mano en el hombro de su secretaria.

–¿Qué puedo hacer? ¿Cómo puedo ayudarte?

Kendra sacudió la cabeza.

–Todo está bien. Era una buena noticia. La han liberado.

–¿Ya no está enferma?

Kendra volvió a negar con la cabeza.

–Nunca ha estado enferma, Ann. Te mentí –confesó ella–. Os he mentido a todos.

–¿Me mentiste acerca de tu hermana? –preguntó Ann confundida.

–La habían secuestrado –le contó Kendra en tono amargo–. Hace varios meses. La habían secuestrado y, desde entonces, Dalton Rothschild ha estado chantajeándome.

Ann se quedó helada al oír aquello.

–¿Cómo que te estaba chantajeando? ¿Qué quería? –tuvo que preguntar.

–Información. Sobre Waverly's. Y, sobre todo, acerca de la estatua del Corazón Dorado.

–¿Y tú has estado espiándonos? –continuó Ann, agarrándose a la silla de Kendra.

No podía creer que Kendra hubiese estado actuando a sus espaldas.

–Iban a matarla –le explicó esta, aterrada.

Ann se dio cuenta de que el miedo era real. Y después de lo que les había ocurrido a Kalila y a ella, supo que Roxanne había estado en verdadero peligro.

–¿Dónde está? –preguntó–. ¿Ya está a salvo?

–Está en Rayas.

Por un segundo, Ann pensó que se iba a desmayar. Se dejó caer en el suelo y empezó a darle vueltas a la cabeza.

Recordó la noche del puerto tan vívidamente que pensó que estaba alucinando. Esa noche, no había creído ver a Kendra. Había visto a Roxanne.

Tenía que haber hecho algo entonces. Haber hecho, al menos, las preguntas oportunas.

Kendra interrumpió sus pensamientos.

—Un tal Tariq la va a traer a casa en un jet privado.

Ann se obligó a volver al presente. No era el momento de hacerse recriminaciones. Tariq iba de camino a Nueva York. ¿Tendría él alguna respuesta? ¿Sabría Dalton que estaba acorralado? ¿Intentaría escapar? ¿O volvería a hacerle daño a alguien para intentar cubrirse las espaldas de nuevo?

Ann sacó su teléfono.

Buscó entre las llamadas recibidas el número de Heidi Shaw y la llamó.

Mientras esperaba a que respondiese, le apretó cariñosamente la mano a Kendra.

—Tariq cuidará de Roxanne.

Kendra tragó saliva.

—Agente Shaw —sonó al otro lado del teléfono.

—¿Heidi? Soy Ann Richardson. Me parece que necesito su ayuda. ¿Todavía quiere resolver el caso del Corazón Dorado?

Capítulo Once

El interrogatorio del príncipe Mallik fue muy rápido. La actitud del hombre era hostil, pero Jordan estaba acostumbrado.

Dalton había oído rumores de que Roark Black había descubierto la estatua del Corazón Dorado. Y, aprovechando la información, había ideado un plan para hacerle daño a Ann y hundir Waverly's al mismo tiempo. Antes de que Roark anunciase su hallazgo, Dalton había contactado con el príncipe Mallik y había aprovechado la avaricia y la amargura de este para convencerlo de que el robo de la estatua ensuciaría la imagen de Raif y le daría mala suerte a la familia Khouri.

Mallik había implicado a Roark en el robo y eso había perjudicado a Ann y a Waverly's. Después, habían pretendido usar la información que les daba Kendra para poder hundir Waverly's. Mientras tanto, en Rayas, el escándalo y el caos le darían a Mallik la oportunidad de acceder al trono cuando el rey Safwah falleciera.

Después del interrogatorio, Raif hizo lo necesario para que la implicación del príncipe Mallik en el caso no se hiciese pública y envió a este a una finca alejada de todo que tenía en el norte del país, donde estaría bajo vigilancia durante el resto de su vida. Además, compensó a Roxanne y a Kendra con una generosa cantidad de dinero.

En los Estados Unidos, la agente Heidi Shaw fue clave en la detención e interrogatorio de Dalton. Y la estatua del Corazón Dorado se recuperó de uno de los túneles secretos del palacio Valhan, donde la había escondido Mallik desde el principio, si bien la había cambiado de sitio con la llegada de Ann a palacio.

En esos momentos, el Corazón Dorado volvía a estar en su urna de cristal, en la entrada principal de palacio, donde debía estar para la coronación de Raif. Este, vestido con ropas y joyas de sus ancestros, pasó al lado de la estatua.

En la entrada de palacio lo esperaban hombres de Estado y dignatarios de todo el mundo. Familiares, amigos y admiradores inclinaron la cabeza a su paso. Raif iba a asumir el puesto para el que había sido formado toda su vida, pero, en ese momento, solo pudo pensar en Ann.

Quería tenerla allí, a su lado. Quería discutir con ella, reír y hacer el amor con ella.

Pero en lugar de tener al lado al amor de su vida, tenía encima de su escritorio una lista de cincuenta jóvenes aptas para casarse con él. Y no era capaz de leerla.

Lo único que lo consolaba era que Kalila era feliz. Debería darle un papel más importante en el gobierno del país. Por suerte, Niles lo comprendía y estaba dispuesto a apoyarla.

Para la coronación, su prima estaba sentada al final del salón, en el más pequeño de los dos tronos y al lado del canciller, que presidiría la ceremonia.

Raif había puesto a Tariq al frente de su guardia de honor. También había permitido que Niles asistiese a la ceremonia, ya que pronto formaría parte de la familia real. Él ya estaba demostrando ser un gran diplomático. Al menos, Kalila había tenido buen gusto a la hora de elegir marido.

Tal vez pudiese ayudarlo a él a elegir esposa.

Nada más pensarlo, todo su cuerpo se rebeló.

Al detenerse enfrente del canciller, no pudo evitar mirar a Jacx, que había accedido a ser nombrado almirante. Recordó el día en que este había dado un paso al frente para casarse con la princesa Salima.

De repente, a Raif se le ocurrió una locura. ¿Qué ocurriría si hacía como Daud y decidía que no quería ser coronado rey? Podía decirle al canciller que lo sentía, pero que amaba a otra mujer y que no podía ser rey.

¿Podrían reinar Kalila y Niles en su lugar?

Miró a su prima.

Su sonrisa era serena. Estaba profundamente enamorada de Niles y ambos iban a ser muy felices juntos. Raif no podía estropear eso, ni podía hacer nada que afectase a su país. Su pueblo ya había sufrido bastante.

El canciller empezó con la ceremonia y Raif centró toda su atención en él.

***

Aunque ningún medio de comunicación occidental había seguido la coronación de Rayas, Ann encontró un vídeo de la misma en Internet al día siguiente. Le pareció surrealista ver a Raif avanzando por el gran salón, haciendo los votos, sentado en el trono, con el canciller sosteniendo la corona sobre su cabeza.

Llamaron al timbre.

Ann congeló la imagen y fue descalza a abrir la puerta. Era sábado por la mañana y todavía estaba sin vestir, no se había duchado y estaba considerando seriamente la posibilidad de comerse una tarrina de helado.

Tal y como se había imaginado, era Darby.

–¿Lo has encontrado? –le preguntó su amiga.

–Sí. La grabación no es buena, pero algo es algo.

Se acercaron al ordenador, se sentó y volvió a poner el vídeo en marcha.

La ceremonia estaba en el idioma del país, así que, cuando el canciller retrocedió y bajó la corona, Ann no entendió qué estaba pasando.

Kalila giró la cabeza bruscamente y miró a Raif. Al mismo tiempo, los hombres de la guardia de honor empezaron a hablar los unos con los otros. Alguien se interpuso entre Raif y el canciller, que seguía teniendo la corona en las manos.

–¿Qué ocurre? –murmuró Darby.

–Creo que es Tariq –dijo Ann, entrecerrando los ojos para intentar ver mejor.

–¿Estará enfermo de repente? ¿Le habrá dado un infarto?

–Es un hombre bastante sano –respondió Ann–. Y no parece que cunda el pánico. Es como si, de repente, hubiesen decidido mantener una reunión.

La grabación terminó.

–Pues qué raro –comentó Darby.

Ann se sintió frustrada.

–Haz otra búsqueda –le aconsejó Darby–. A lo mejor hay algún otro vídeo.

Ann volvió a buscar en Internet y lo que encontró fue varios artículos en vez de vídeos. *Coronación interrumpida. Abdicación en Rayas.*

–¿Abdicación? –dijo Darby sorprendida.

–Ya sabes cómo es la prensa –comentó Ann, a pesar de que se le había encogido el estómago.

No era posible que Raif hubiese hecho nada que pudiese perjudicar a Rayas. Amaba demasiado a su país, pero era evidente que allí ocurría algo. Ann abrió uno de los artículos con la esperanza de encontrar algo de información.

En ese momento llamaron al telefonillo.

–Ve tú –le dijo a Darby mientras esperaba a que se cargase el artículo.

–¿Sí? –respondió Darby.

–¿Ann? –preguntó una voz de hombre.

A esta se le encogió el corazón. Se giró.

–¿Ann? –volvió a decir Raif.

–¿Es él? –susurró Darby.

Ann asintió.

–Entra –le dijo Darby.

–¡No! –gritó Ann.

Pero Darby le había abierto la puerta.

–¿Por qué has hecho eso? –le preguntó Ann, poniéndose en pie.

–Ve a cambiarte –le dijo su amiga–. Rápido. Lávate la cara y vístete. Yo lo entretendré.

–No, no quiero cambiarme –respondió Ann, que no quería impresionar a Raif.

Quería aprender a vivir sin él y no podría hacerlo si lo tenía allí, en su apartamento.

–Al menos, te vas a enterar de lo ocurrido realmente –comentó Darby con la mano en el pomo de la puerta, como si estuviese esperando a que llamase Raif.

–¿Por qué habrá venido? –se preguntó Ann en voz alta, intentando mantener la calma–. ¿Crees que lo habrá visto alguien?

Ann miró por la ventana, por suerte, no había ningún periodista.

–A lo mejor, a decirte lo que es obvio.

–¿Y qué es obvio?

–Que ha renunciado a ser rey por ti.

–Eso es ridículo –dijo Ann.

Aunque había pensado en ello más de una vez cuando había estado en Rayas, sabía que era una locura.

Sonó un golpe en la puerta y Darby la abrió inmediatamente.

Raif la miró confundido.

–Busco a la señorita Richardson –dijo.

Darby se giró a mirar a Ann y Raif siguió su mirada.

Entonces sonrió y Ann sintió que se derretía por dentro. Le surgieron un millón de preguntas y sus hormonas se revolucionaron. Era evidente que no había conseguido olvidarlo ni siquiera un poco.

–¿Qué ha pasado? –le preguntó.

–¿Le importa? –le dijo Raif a Darby.

–Estaré en casa –contestó esta–. Aunque me esté muriendo por averiguar lo ocurrido. Será mejor que me llames, Ann.

–Te llamaré –le prometió ella sin dejar de mirar a Raif.

Era el hombre más sexy de la Tierra. Y, a pesar de todo, se alegraba mucho de verlo, aunque no se le hubiese perdido nada allí.

La puerta se cerró detrás de Darby.

–¿Qué ha pasado? –repitió Ann–. He visto algo en Internet, pero no he acabado de enterarme.

–Yo también me alegro de verte, Ann.

–Yo no me alegro de verte –replicó ella–. ¿Qué haces aquí? Tu pueblo te necesita, Raif.

–Mi pueblo puede esperar.

–¿A qué?

Él se acercó más.

–Interrumpí la coronación.

A Ann se le hizo un nudo en el estómago. No quería preguntarle el motivo. No quería saberlo. Aquello solo podía ser negativo para todos. Tragó saliva.

–¿Por qué?

–Porque no puedo vivir sin ti.

–No –dijo ella, notando que se le doblaban las rodillas–. No puede ser, Raif.

Rayas lo era todo para él.

–Cásate conmigo, Ann.

Aquello no podía ser verdad. No podía estar ocurriendo. Tenía que estar soñándolo.

Ann esperó, pero no ocurrió nada.

Se pellizcó, pero no ocurrió nada.

Buscó en su mente un argumento para rechazarlo.

–¿Quieres acostarte otra vez conmigo? ¿Es eso? Porque podríamos…

Raif frunció el ceño.

–No es acostarme contigo lo que quiero, Ann.

–Pues yo creo que hacemos muy buena pareja en la cama –balbució ella–. ¿No te parece?

–Quiero casarme contigo.

–Eso no es posible.

–¿Por qué no? –le preguntó él.

–Porque eres el príncipe heredero de Rayas. Vas a ser rey –le dijo.

–El canciller está de acuerdo –añadió él.

Ann sacudió la cabeza.

–No. No puedo. Yo vivo aquí, en Nueva York. Tú vives en Rayas. Yo tengo mi vida, tú…

–Sé que es una decisión importante.

–No, no tienes ni idea. Nunca has sido normal, Raif. Y no me quieres. En realidad, quieres una joven de Rayas que sea virgen, que tenga el pelo moreno y los ojos marrones.

–No –le aseguró él.

–Sí.

–Voy a permitir que Kalila se case con Niles.

–¿De verdad?

–De verdad.

Ann no pudo evitar sonreír.

—Eso es estupendo. Es una mujer increíble, Raif.

—Lo sé, pero te lo cuento para demostrarte que no es necesario que seas de Rayas para casarte conmigo. Kalila va a sentar precedente.

—No es lo mismo.

—Es exactamente lo mismo —replicó él. Después, suspiró—. Está bien. No me des la respuesta ahora. Piénsatelo. Pero debes saber que me estás estropeando todo lo que he estado planeando mientras cruzaba el Atlántico.

—No voy a cambiar de opinión —le advirtió Ann.

No podía hacerlo. Aquello era muy serio y uno de los dos tenía que mantener los pies en la tierra.

Raif se relajó y se acercó a darle un beso en la frente.

—Te daré algo de tiempo y espacio para que lo asimiles. Me marcharé un par de horas.

—¿Un par de horas?

—Piénsalo, Ann.

Aunque no iba a cambiar de opinión, un par de horas no le pareció tiempo suficiente para reflexionar acerca del resto de su vida.

—Volveré —terminó Raif.

—Ten cuidado. Y no hables con la prensa.

Raif sonrió.

—No te preocupes. Jordan me cuidará.

—¿Jordan está aquí?

—Y Tariq también.

—¿De verdad?

–Eh, que parece que te hace más ilusión ver a Tariq que verme a mí.

–Me cae bien Tariq.

–Pero a mí me quieres.

–Raif, es una locura.

–No es ninguna locura. Y yo no estoy loco. Voy a dejarte sola para que lo pienses –repitió él, dándole un beso en los labios–. No intentes escapar.

–No…

–Tengo a varios hombres vigilando la calle.

–No es verdad.

–Sí. No me dejan viajar con menos de cien personas y, sinceramente, no sé qué hacer con ellas.

–No estoy bromeando, Raif.

–Yo tampoco. Sé que es una decisión muy importante.

–No puedo ser lo que tú quieres que sea.

Él sonrió.

–Quiero que seas tú misma.

Raif retrocedió y se marchó.

–No, no –dijo ella en un susurro mientras se cerraba la puerta.

Raif no quería que fuese Ann Richardson. Quería que fuese la reina de Rayas. Y ella no tenía ni idea de cómo ser reina. No conocía las costumbres ni el protocolo de aquel país. Ni siquiera hablaba el idioma.

Por un segundo, pensó en huir y esconderse de Raif, pero se dio cuenta de que era ridículo. Tenía que quedarse allí un par de horas y fingir que reflexionaba. Después le diría que no y él se marcharía para siempre.

La idea la dejó fría, empezó a temblar. Se hizo un ovillo en el sofá y se abrazó las piernas.

Poco después llamaron a la puerta y ella supuso que sería Darby, así que fue a abrir.

Sorprendida, vio que se trataba de un hombre mayor al que reconoció a duras penas. Había visto varias fotografías suyas, pero era la primera vez que lo veía en persona.

—¿Rutherford Waverly? —preguntó con voz temblorosa.

—Ann —respondió él sonriendo, como si fuesen viejos amigos.

Ella miró a ambos lados del pasillo.

—No lo entiendo.

¿Qué estaba haciendo allí? Había sido presidente de Waverly's, pero siempre se había mantenido en un segundo plano y a Ann le sorprendió que supiese dónde vivía.

—¿Tienes un minuto? —le preguntó él en tono educado—. Necesito hablar contigo.

Ann no pudo evitar preguntarse si conocería a Raif. Debía de estar al corriente del escándalo de la estatua del Corazón Dorado. ¿Sabría que había ido a Rayas? ¿Pensaría que estaban teniendo una aventura?

—Por supuesto, señor Waverly —le respondió.

—Llámame Rutherford, por favor —dijo él, entrando en su casa.

Ann deseó haber tenido tiempo de limpiarla después de volver de Rayas y, entonces, recordó que todavía estaba en pijama.

—Siéntate, por favor —le ofreció, quitando un

par de revistas del sofá–. Siento el desorden. Voy un momento a cambiarme.

–No es necesario. Soy yo el que siente haber venido sin avisar. Lo que tenía que decirte no podía esperar.

La miró como esperando a que se sentase y, cuando la vio acomodada en el sofá, se sentó él también.

–Me temo que traigo noticias desconcertantes.

Ann contuvo una sonrisa, no podía haber nada más desconcertante que la visita de Raif.

–En estos momentos, se está celebrando una junta extraordinaria en Waverly's.

Bueno, aquello tampoco estaba mal. Para que la junta se reuniese un veintidós de diciembre, tenía que suceder algo importante. Ann solía participar en las juntas y no se había enterado de aquella.

–¿Se trata de Kendra? –preguntó.

Ann no la había despedido y se había ofrecido para testificar a su favor si la acusaban de algo. Era cierto que había compartido información de Waverly's, pero lo había hecho porque temía por la vida de su hermana.

–Están votando si deben despedirte –anunció Rutherford.

Ann tragó saliva.

–¿Por algún motivo en concreto?

–En general, por tus aptitudes de líder.

Ann se puso en pie.

–Entiendo –dijo, acercándose a la ventana–. ¿Y sabes cuál será el resultado?

–Tengo entendido que vas a perder por un voto. Salvo... que tengas interés en presentarte en la junta.

–¿Para defenderme?

Ann no estaba segura de poder hacer cambiar de idea a nadie.

Rutherford negó con la cabeza.

–Para ver cómo ejerzo mi derecho a voto.

Ann tardó un segundo en comprenderlo.

–¿A mi favor?

–Por supuesto.

–¿Por qué? –se atrevió a preguntar, incómoda porque no comprendía la situación.

–Me caes bien –le dijo Rutherford sin más–. También me cae bien Edwina, y los demás que te apoyan. Y no me gustan tanto los que van contra ti. Waverly's es más fuerte contigo al mando, Ann Richardson. Has trabajado duro. Has conseguido muchas cosas para los accionistas. Y tu recompensa no debería ser un despido.

Ann empezó a emocionarse, se le hizo un nudo en la garganta.

–Gracias –fue lo único que pudo decir.

Rutherford se puso en pie.

–Entonces, ¿quieres acompañar a un viejo a que se divierta un poco?

–Sí, por supuesto.

–Entonces, ve a cambiarte de ropa.

A Ann le encantó ver a Rutherford en la junta directiva. Desde que entró en la sala de reuniones, hasta que informó a los demás miembros que iba a votar a favor de Ann, fue el centro de atención. Sorprendentemente, Ann había sido capaz de apartar a Raif de su mente durante un rato, pero después de la votación, mientras volvía a casa y, en especial, cuando bajó del coche de Rutherford, el príncipe volvió a ocupar su mente.

Darby debía de haber estado esperándola, porque Ann acababa de entrar en el edificio cuando vio que su amiga salía a su encuentro.

–¿Qué ha pasado? –le preguntó–. ¿Adónde has ido?

–A Waverly's –respondió ella mientras buscaba las llaves en el bolso.

–¿Y Raif?

–Se ha marchado.

–¿Por qué?

Ann metió la llave en la cerradura.

–Quería darme algo de tiempo.

–¿Para ir a Waverly's?

Ann abrió la puerta. Quería hablar, pero no quería hablar.

Quería que Darby se marchase y, al mismo tiempo, se alegraba mucho de que estuviese allí.

–¿Ann?

–Tiempo para decidir si quiero casarme con él.

Darby se quedó de piedra.

Ann cerró la puerta.

–Sí –comentó–. Esa ha sido también mi reacción.

–Pero… eso es maravilloso –dijo Darby.

–¿Maravilloso?

–Te quiere.

–Eso ya lo sabía.

–Y quiere que seas su esposa, su…

Darby cerró la boca.

–Puedes decirlo –le dijo Ann.

De repente, vio un paquete encima de la mesita del café.

–¿Qué es eso?

–Parece un regalo.

Era un paquete rectangular y bastante plano, envuelto en papel dorado y con un brillante lazo morado.

–¿De dónde ha salido? –preguntó Ann, mirando a Darby con curiosidad.

–Ni idea.

Ann dejó el bolso y se acercó a la mesa. Aquello no le gustaba nada.

–¿Piensas que podría explotar? –preguntó en voz alta.

–Es un regalo, no una bomba –dijo Darby.

–No lo toques –le advirtió Ann.

–Venga ya –dijo Darby, tomando el paquete y sacudiéndolo–. Si no pesa nada. A lo mejor es de Raif.

–¿De Raif? No. He estado aquí sentada con Rutherford después de que se marchara.

–¿Quién es Rutherford?

–Es de Waverly's. Eh, he conseguido que no me despidan.

–Eso es estupendo –admitió Darby, quitando

el envoltorio y descubriendo una sencilla caja blanca de cartón.

–Ahí es donde he estado. En una junta. Rutherford ha conseguido que no me echen.

–El bueno de Rutherford. ¿Piensas que esto es regalo suyo?

–Tal vez –dijo Ann tragando saliva.

Podía haberlo dejado allí mientras ella se cambiaba.

Darby le dio la caja y Ann la tomó. Se sentó y la abrió. Dentro había una bonita seda blanca, casi transparente, bordada con hilo de oro.

Ann la sacó de la caja, era un pañuelo típico de Rayas.

–¿Cómo ha podido…? –murmuró maravillada.

Era el pañuelo más exquisito que había visto nunca y estaba segura de que las joyas que llevaba cosidas eran de verdad.

–Es de Rayas –le explicó a Darby–. Todas las mujeres lo llevan en la cabeza.

–Enséñamelo –le pidió Darby.

–¿Por qué me iba a regalar Rutherford un pañuelo de Rayas?

–Pues te aseguro que he estado pendiente toda la mañana y no ha venido nadie más –comentó Darby.

Ann se levantó. Kalila le había enseñado a ponerse el pañuelo.

–Ahora vuelvo –le dijo a Darby, llevándose la caja y el pañuelo y acercándose al espejo del pasillo.

Lo tuvo que intentar varias veces, pero consiguió colocárselo bien. El color le favorecía, sonrió.

Entonces, al levantar la caja vacía, vio que había un sobre dentro. Con el estómago encogido, lo abrió. Dentro había una nota.

Ann, ¿te acuerdas de tu primer día en el colegio privado de Hampton Heights? ¿Lo rara que te sentías con el uniforme? Aprendiste entonces y sabes que también aprenderás ahora. Te encantará tu nueva vida.

No iba firmada. En Waverly's todo el mundo sabía dónde había estudiado, pero no cómo se había sentido los primeros días. Y no era posible que Rutherford supiese lo que sentía por Raif.

—¿Ann? —la llamó Darby desde el salón.

Ella volvió por el pasillo y se encontró con Raif.

No habría sabido decir cuál de los dos se sorprendió más.

Raif había dejado de sonreír de repente, estaba pálido.

—¿De dónde has sacado eso?

Ann se llevó la mano al pañuelo.

—No lo sé —confesó—. ¿Por qué? ¿Qué pasa?

Darby fue hacia la puerta.

—Yo… me marcho…

—No es posible —dijo Raif, sin apartar la mirada del pañuelo.

—No sé de dónde ha salido. Estaba en una caja.

No quería disgustarlo. Quería casarse con él. Fuese quien fuese el autor de la nota, tenía razón. Amaba a Raif y estaba dispuesta a cualquier cosa para estar con él.

Se adaptaría a Rayas. Aprendería a ser reina. Raif estaría allí para ayudarla, lo mismo que Kalila. Y seguro que alguien le enseñaba el idioma.

La expresión de Raif no cambió.

—¿Has cambiado de idea? —le preguntó en un susurro.

—No —respondió él—. Lo tengo más claro que nunca. Ese pañuelo era de mi abuela.

Ella le dio la nota a Raif.

Él la miró fijamente a los ojos antes de leerla.

—Tienen razón —comentó después—. Y se lo agradezco. Eres mi reina.

En ese momento, Ann perdió el miedo, la tensión y la preocupación. Inclinó la cabeza.

—Majestad, será un honor casarme con usted.

Él le levantó la barbilla con un dedo.

—La reina no agacha nunca la cabeza. Mi amor, te lo enseñaré todo envuelta en seda y joyas, y en amor.

Ann levantó la cabeza para darle un beso.

—Solo necesito el amor.

—Pues lo tendrás —le aseguró Raif—. Todos los días de tu vida.

Capítulo Doce

Como a Raif siempre le había gustado hacer ofertas que nadie pudiese rechazar, ofreció a Waverly's un cincuenta por ciento del precio estimado del Corazón Dorado si subastaban la estatua antes de Año Nuevo. Así que esta tuvo lugar el treinta y uno de diciembre.

Asistieron una docena de postores y al final Raif tuvo que pagar por ella más de lo que había planeado, pero no le importó. El Corazón Dorado solo podía estar en Rayas, costase lo que costase.

Después de la subasta, todo el mundo parecía estar con ganas de fiesta, y la casa de subastas invitó a los postores y a sus empleados a una cena informal en la que disfrutaron de la música de un cuarteto.

Un hombre de aspecto distinguido se acercó a Raif.

—Enhorabuena —le dijo, tendiéndole la mano—. Soy Rutherford Waverly.

—Raif Khouri —respondió él.

—Lo sé.

Raif miró a Ann, que estaba al otro lado del salón, charlando con empleados e invitados.

—¿Cómo lo consiguió? —le preguntó después a Rutherford.

El hombre no fingió no saber de qué le hablaba.

–He vivido muchos años –respondió–, y he hecho muchos contactos.

–¿En Rayas? –preguntó Raif en tono escéptico.

–Un amigo de un amigo –dijo Rutherford sonriendo.

–He oído una historia acerca de un anillo de diamantes de la familia Tarlington. Al parecer, también lo dejaron con una nota misteriosa y también benefició a una pareja relacionada con Waverly's, Carter McCay y Macy Tarlington. El anillo ayudó a que ambos se casasen.

–Interesante –comentó Rutherford con expresión inescrutable.

–Roark Black recibió una carta de su madre, en la que le decía que era un Waverly. Y Avery Cullen recuperó una estatua de un ángel –añadió Raif.

Rutherford no era el único que podía investigar. Raif había descubierto que muchas de las parejas relacionadas con Waverly's habían recibido misteriosos regalos. Él estaba convencido de que Rutherford era su romántico benefactor y lo admiraba por su cariño e ingenuidad.

–No todo el mundo puede contar con que una estatua le dé buena suerte –comentó Rutherford.

–Yo tengo que darle las gracias –le dijo Raif–. Ha sabido exactamente lo que tenía que decirle a Ann.

–La llevo observando muchos años –respondió él–. Es una buena chica. Merece ser feliz.

–Y supongo que piensa que yo puedo hacerla feliz –dijo Raif.

–Ya la has hecho feliz.

Un camarero pasó por su lado y Rutherford tomó dos copas de champán. Le dio una a Raif.

–¿Se lo va a decir? –preguntó Raif, que pensaba que Rutherford se merecía la admiración de todo el mundo.

Rutherford le guiñó un ojo.

–Observa esto.

Luego se acercó al estrado en el que estaba el cuarteto y tomó un micrófono.

–Buenas noches –empezó.

Los presentes le aplaudieron.

–Gracias –dijo él, inclinando la cabeza–. Gracias por venir esta noche, en especial, a nuestros postores y, en particular, a Raif Khouri, que ha conseguido la estatua. Estoy seguro de que hablo en nombre de todo Waverly's al felicitarlo por el regreso del Corazón Dorado a Rayas.

Todo el mundo se giró hacia Raif y volvió a aplaudir.

–Sé que la mayoría no me habéis visto mucho últimamente –continuó Rutherford–, pero he estado muy cerca, observándoos, y tengo que decir que me enorgullezco de vosotros.

Los asistentes guardaron silencio, era evidente que sentían curiosidad.

–Vance y Charlotte –les dijo Rutherford a Vance Waverly y a la que había sido su secretaria–. Me encantó ver cómo resolvíais el misterio que os mantenía separados.

Luego miró al rico ranchero Carter McCay y a Macy.

–Carter, me das envidia. Macy es una mujer increíble. Cuídala.

Después pasó a dirigirse a Marcus Price, experto en arte y a Avery, que estaba embarazada.

–Marcus y Avery, sé que ya lo sabéis, pero sois afortunados. Vuestra estatua es más importante para vosotros que todas las joyas del mundo.

Raif se dio cuenta del momento en el que los allí reunidos se empezaban a percatar de lo que ocurría. Ann fue de las primeras en abrir mucho los ojos, sorprendida.

Rutherford miró al multimillonario Chase Harrington y a Vanessa Partridge, la mujer que le había cambiado la vida.

–Chase y Vanessa, vuestros corazones están llenos de amor por vuestros hijos. Me alegro de haber contribuido a ello.

Vanessa le susurró algo a Chase y este miró a Rutherford de otra manera.

Ann recorrió la habitación pegada a la pared, y Raif acudió a su encuentro.

–Roark, mereces conocer tus raíces, y te mereces a tu maravillosa esposa, Elizabeth. Seguro que todos entendéis lo que quiero decir. Os quiero mucho. A ti también, Ann. Y me alegro mucho de haber podido ayudarte a empezar una nueva vida. Necesites lo que necesites, ya sabes dónde estoy.

Rutherford hizo entonces una pausa y se aclaró la garganta.

Raif abrazó a Ann.

—¿Sabías que había sido él? —le preguntó ella en un susurro.

—Me lo imaginaba —respondió Raif—. Bueno, tengo que confesar que lo he hecho investigar. ¿Para qué sirve si no tener un servicio de inteligencia?

Raif había averiguado que a Rutherford se le había roto el corazón después de enamorarse de la hija de un rival en los negocios. A pesar de no trabajar en Waverly's a diario, había continuado interesándose por todas las personas relacionadas con la casa de subastas. Era un romántico y no quería que a nadie más le rompiesen el corazón.

Ann sonrió de oreja a oreja.

Rutherford levantó su copa de champán.

—Por todos vosotros. Amigos, familia, colegas. A partir de ahora tendré un papel más activo en Waverly's, junto a Vance y Roark. Echaré de menos a Ann, que va a empezar una nueva vida como reina, pero espero que a todos os parezca bien.

Todo el mundo aplaudió entusiasmado.

—Es un hombre increíble —le dijo Ann a Raif.

—Y tú eres una mujer increíble —le respondió él orgulloso—. Belleza aparte, tienes capacidad y talento. ¿Te he dicho ya que Rayas tiene una colección de arte nacional?

—¿De verdad? ¿Y podré trabajar en ella?

–Serás la reina. Podrás hacer lo que quieras.

Ella suspiró y se apoyó en Raif.

–Te quiero, Majestad.

–Ven a casa conmigo –le pidió él–. Ahora.

–¿Al hotel?

–No, a Rayas. Volaremos esta misma noche. Haremos el amor entre las estrellas y celebraremos el nuevo año entre tu mundo y el mío.

–Sí –accedió Ann, sonriendo con satisfacción.

Raif apoyó la mano en el hueco de su espalda y la guió hacia la puerta de salida. Casi todos los presentes seguían pendientes de Rutherford, pero varias personas se despidieron de ellos al pasar.

A Ann le gustó marcharse de allí. Volvería pronto, con frecuencia, y tendría tiempo para ponerse al día con sus compañeros, pero en esos momentos tenía que planear una boda y empezar una nueva vida.

Apoyó la cabeza en el hombro de Raif y él la agarró con más fuerza por la cintura.

–Mi amor –le dijo en un susurro.

–Mi vida –murmuró ella.

Deseo

Busco esposa

ANNE OLIVER

Jordan Blackstone se enfrentaba al acuerdo comercial más importante de su carrera y debía cambiar su imagen de mujeriego para conseguirlo; se le ocurrió fingir estar casado para lograrlo y Chloe Montgomery le pareció la solución perfecta.

Chloe era una mujer bella y tan alérgica al compromiso como él. Cuando Jordan le preguntó si se haría pasar por su esposa, ella no lo dudó.

La atracción que había entre los dos fue en aumento durante su luna de miel, y Jordan no pudo evitar pensar que quizás hubiera conocido por fin a una mujer por la que valía la pena romper las reglas.

¿Se convertiría el pacto en algo más que un acuerdo?

¡YA EN TU PUNTO DE VENTA!

Acepte 2 de nuestras mejores novelas de amor GRATIS

¡Y reciba un regalo sorpresa!

Oferta especial de tiempo limitado

Rellene el cupón y envíelo a
Harlequin Reader Service®
3010 Walden Ave.
P.O. Box 1867
Buffalo, N.Y. 14240-1867

¡Si! Por favor, envíenme 2 novelas de amor de Harlequin (1 Bianca® y 1 Deseo®) gratis, más el regalo sorpresa. Luego remítanme 4 novelas nuevas todos los meses, las cuales recibiré mucho antes de que aparezcan en librerías, y factúrenme al bajo precio de $3,24 cada una, más $0,25 por envío e impuesto de ventas, si corresponde*. Este es el precio total, y es un ahorro de casi el 20% sobre el precio de portada. !Una oferta excelente! Entiendo que el hecho de aceptar estos libros y el regalo no me obliga en forma alguna a la compra de libros adicionales. Y también que puedo devolver cualquier envío y cancelar en cualquier momento. Aún si decido no comprar ningún otro libro de Harlequin, los 2 libros gratis y el regalo sorpresa son míos para siempre.

416 LBN DU7N

Nombre y apellido	(Por favor, letra de molde)
Dirección	Apartamento No.
Ciudad	Estado Zona postal

Esta oferta se limita a un pedido por hogar y no está disponible para los subscriptores actuales de Deseo® y Bianca®.
*Los términos y precios quedan sujetos a cambios sin aviso previo.
Impuestos de ventas aplican en N.Y.

SPN-03

©2003 Harlequin Enterprises Limited